Marie Régimbald

Les contes lucides

nouvelles

Éditions Dédicaces

LES CONTES LUCIDES, par MARIE RÉGIMBALD

Dépôt légal :
Bibliothèque et Archives Canada
Bibliothèque et Archives nationales du Québec

Un exemplaire de cet ouvrage a été remis
à la Bibliothèque d'Alexandrie, en Egypte

ÉDITIONS DÉDICACES INC
675, rue Frédéric Chopin
Montréal (Québec) H1L 6S9
Canada

www.dedicaces.ca | www.dedicaces.info
Courriel : info@dedicaces.ca

Marie Régimbald

Les contes lucides

LA MACHINE EMPATHIQUE

Paul Duval marchait d'un pas frénétique à travers les rues jonchant l'institut de recherche qu'il venait de quitter. Une pluie aussi froide que soudaine était venue fouetter son esprit embourbé, alors qu'il se dirigeait en direction de sa voiture garée. Agacé par cette pluie importune, il s'accrochait tant bien que mal à son parapluie et, en particulier, à une mallette qu'il empoignait fermement dans sa main droite, alors qu'il s'afférait au même moment à fouiller les poches de son imperméable à la recherche de ses clés. Grommelant d'irritation pendant ce tour de jonglerie, il réussit enfin à trouver ses clés et ouvrit rapidement la porte de sa voiture. Il déposa avec délicatesse la mallette détrempée sur la banquette arrière et s'assit à l'avant en laissant échapper un long soupir de soulagement.

Se retournant vers l'arrière, il ouvrit la mallette pour s'assurer que son contenu n'avait pas été endommagé et qu'il était toujours intact. Tout était là, bien en place et au sec ; il ferma les yeux en remerciant qui voulait l'entendre. Il referma soigneusement la précieuse valise et se tourna vers l'avant où il se perdit à nouveau dans ses pensées en fixant la pluie qui déferlait sans répit sur son pare-brise. Il se mit à repasser dans sa tête les dernières heures qui s'étaient déroulées au centre de recherche. Il était complètement imprégné et absorbé par ce qu'il venait de découvrir et son esprit basculait dans un fouillis d'idées incessantes qui le rendait fébrile et perplexe.

Il retournait dans sa tête le fil des événements qui l'avaient mené jusqu'à ce jour et sa rencontre avec ce Jean Poirier, qui l'avait contacté quelques mois plus tôt pour lui offrir sa collaboration, dans ses recherches. Poirier avait insisté pour le rencontrer à plusieurs reprises se disant très intéressé par son champ d'expertise et disant pouvoir lui offrir une contribution toute particulière. Duval avait au premier abord été intrigué puis très vite rebuté lorsqu'il apprit que Poirier était en fait un éminent parapsychologue, et ainsi à ses yeux un simple illuminé, un charlatan, ou même un fou… Il refusa donc de le rencontrer pendant plusieurs semaines prétextant un manque de budget, un manque de temps, puis éventuellement de façon plus franche, un manque d'intérêt. Mais Poirier revenait toujours à la charge mentionnant qu'il devait absolument lui faire part de certaines connaissances qui pourraient fournir à ses recherches un angle absolument prodigieux.

Un jour donc, Poirier se présenta directement au bureau de Duval sans s'être annoncé, afin que ce dernier ne puisse l'esquiver à nouveau. Il portait ce jour-là son meilleur habit et traînait avec lui une petite valise qu'il empoignait fermement. Il trouva le numéro du local de Duval sur l'énorme panneau compilant les coordonnées du personnel dans le hall d'entrée, le L-250. Il s'y rendit directement et frappa trois coups francs sur la porte du local. Pas de réponse. Il attendit quelques minutes et frappa à nouveau, mais personne ne répondit. Il aperçut au même moment une jeune femme qui longeait le corridor quelques pas plus loin et qui entra dans un laboratoire dont la porte portait une enseigne où l'on pouvait lire EEG. Il suivit la jeune fille jusqu'à l'intérieur du laboratoire sans que celle-ci ne remarque sa présence mais se fit interpeller par un jeune homme qui se trouvait assis non loin de l'entrée face à un ordinateur.

« Puis-je vous aider ? Lui lança le jeune homme d'un air inquisiteur.

- Euh… Je cherche le Dr. Duval ?

- Est-ce qu'il vous attend ? Qui dois-je annoncer ?

- Eh bien, il ne m'attend pas mais je dois absolument lui parler… est-ce qu'il…

Un homme arriva tout à coup du fond du local et regardait Poirier avec curiosité. S'approchant de lui il demanda ce qu'il faisait dans son laboratoire sans autorisation.

- Dr. Duval ? Questionna Poirier.

- Qui êtes-vous ? Qui vous a donné l'autorisation d'entrer dans ce laboratoire? fit

Duval visiblement agacé.

- Eh bien… c'était ouvert et vous ne répondiez pas à votre bureau, donc…

Il se renfrogna, marmonna quelques mots inaudibles, puis exaspéré lança dans un seul souffle :

« Je suis le Professeur Poirier, nous avons discuté au téléphone à plusieurs reprises et puisque vous refusez de me rencontrer je me suis présenté ici puisqu'il est impératif que je vous parle !

- Professeur Poirier ? Duval réfléchissait… Ah oui… Poirier… Il roula ses yeux dans leurs orbites. Écoutez Professeur Poirier, je vous ai déjà expliqué que je n'avais… Poirier l'interrompit.

- Je ne vous demande qu'une heure, une toute petite heure pour discuter de mon projet. Il est presque midi, je vous invite pour le lunch… Vous devez bien manger ? Nous aurons tout le temps nécessaire pour discuter de… Il regarda du coin de l'œil les gens qui se trouvaient près d'eux et baissa quelque peu le son de sa voix et reprit… de mon… projet…

Duval examinait Poirier de la tête au pied et fut surpris de constater qu'il avait l'air à peu près normal, assez propre et sain d'esprit, considérant ses… intérêts. Toutefois constatant à quel point il était entêté et harcelant, Duval se dit qu'il serait vain d'essayer de s'en débarrasser à nouveau et que puisque de toute façon la faim commençait à le tenailler, autant accepter l'invitation de ce Poirier et joindre l'inutile à l'agréable…

Ils se rendirent à l'Échalotte, un petit bistro français situé à quelques rues du centre de recherche, et prirent place dans un coin retiré. Dès qu'ils furent installés, Poirier ne perdit pas une seule seconde et tenta d'exposer à Duval de façon la plus concise possible ce qu'il espérait être un résumé clair de ses recherches des dernières années. Il parlait nerveusement et de façon saccadée et ne s'arrêta que brièvement lorsque le garçon de table vint prendre la commande. Ce moment lui parut très long puisque le Dr. Duval, qui était un habitué de l'endroit, se mit à discuter avec le garçon de table, puis avec le propriétaire qui venait de l'apercevoir. Ils discutèrent ainsi pendant plusieurs minutes et lorsque tout ce bavardage fut terminé, Poirier tenta de reprendre le fil de ses idées mais sembla avoir perdu l'attention de son interlocuteur. En fait Duval ne semblait nullement intéressé par ce que Poirier avait à dire, surtout depuis que des mots curieux comme éther, télépathie, et communion empathique étaient sortis de sa bouche !... Il fit signe à Poirier de s'arrêter et de respirer alors qu'il prenait nonchalamment une gorgée de vin. Le parapsychologue reprit plus calmement :

« Dr. Duval je sais que vous travaillez sur un appareil de perception des émotions et que vous utilisez un électroencéphalogramme pour faire vos mesures. Est-ce que je me trompe ?

- Non vous ne vous trompez pas. Vous avez probablement lu mes dernières publications ? Je travaille effectivement sur ce sujet, mais je ne vois pas en quoi vos mesures de l'éther télépathique ou empathique ou peu importe puissent avoir un quelconque rapport avec mes recherches.

- Eh bien justement, c'est là où vous faites erreur, c'est au contraire tout à fait conciliable et vos recherches sont tout à fait complémentaires aux miennes. Je dirais toutefois que votre approche est quelque peu... réductrice.

- Je vous demande pardon ? fit Duval quelque peu insulté.

- Le problème réside dans le fait que vous considérez les émotions et l'esprit humains comme étant tributaires du système nerveux dans une dimension matérielle seulement. Alors que les émotions font partie d'une multitude de champs énergétiques qui englobent l'être dans toute sa complexité, je dirais dans sa multi-dimensionnalité...

Duval dévisageait Poirier d'un air consterné, ne pouvant imaginer qu'il parlait avec un véritable professeur d'Université.

- Mais de quoi parlez-vous Poirier ? Lança-t-il exaspéré. Vous parlez de choses qui n'existent pas. La seule dimension de l'homme est physique, elle est palpable, chiffrable, et mesurable. Il n'y a ni éther, ou autres dimensionnalités ou hérésie du genre. Ses yeux étaient exorbités et il fixait Poirier avec intensité comme si il eut voulu lui faire entrer de force un peu de bon sens au fond du crâne.

- Dr. Duval, reprit Poirier en se fermant les yeux pour contenir son agacement. J'ai la preuve, de ce que j'avance...

- Ah oui ? ... une preuve ? ... Fit Duval d'un air narguant.

- Vous avez mesuré des éthers et des dimensions dont la communauté scientifique ignore ou ne confirme l'existence, des éthers qui ne sont même pas nommés ou identifiés ?

- Oui !

- Et puis-je vous demander comment je vous prie ? fit-il en affichant un air irrité et condescendant.

Le garçon arriva avec les plats. Et les deux hommes portèrent leur attention sur leur assiette pendant quelques minutes. Puis Poirier reprit son discours.

« Eh bien voilà. Je vous explique. Il prit une profonde respiration et se lança. Alors... je possède ce que j'appelle un capteur d'ondes. Cet appareil a la capacité d'enregistrer les émotions qui émanent, entre autres, des régions du ventre et du cœur, mais plus précisément... »

Il s'arrêta, envisageant Duval et craignant quelque peu sa réaction, puis il poursuivit.

- Il capte les ondes qui émanent des chakras, en particulier celles émises par le plexus solaire.

Le neurologue souriait de plus belle, et cette fois il se mit carrément à rire... Il rit pendant plusieurs minutes, puis faisant quelques mouvements de tête il tapota l'épaule de Poirier comme si il eut pitié de lui. Il coupa quelques morceaux du steak qui croupissait dans son assiette et mâcha ardemment chaque bouchée en dévisageant le Professeur. Puis il répéta lentement en appuyant sur chaque syllabe.

- Ple-xus so-lai-re... mais qu'est-ce que c'est Poirier, le plexus solaire... hein ? Dans quel livre d'anatomie puis-je trouver cet organe ?? Dans un livre d'anatomie sur les organes invisibles ? Hein ? Dites-moi Poirier, il se remit à rire de plus belle.

Le Professeur Poirier l'ignora, il était habitué à ce genre de raillerie et d'incrédulité de la part des soi-disant savants de ce monde. Il poursuivit sans broncher. Le capteur d'ondes est un objet très singulier qui m'a été légué à sa mort par quelqu'un de très fortuné qui s'intéressait à mes recherches. L'objet appartenait à la famille de cet homme depuis des générations et semble-t-il avait une origine... euh... extra-terrestre...

C'en était trop. Le neurologue se leva et jeta sa serviette. Il fulminait et cria:

- J'en ai assez entendu Poirier ! Notre entretien se termine ici. Vous devriez contacter mes amis du centre de recherches psychiatriques, ils seraient sûrement mieux placés que moi pour vous aider.

Il s'apprêtait à tourner les talons, lorsque Poirier lui montra l'objet qu'il avait promptement sorti de la valise. Celui-ci rayonnait d'une teinte écarlate dont les lueurs semblaient onduler et basculer sur elles-mêmes dans une danse fluide et étincelante. Il était difficile de discerner les contours de cette chose et ainsi d'en identifier la forme. Était-ce rond ou allongé, opaque ou transparent, impossible à dire. On aurait dit une sorte de nuage ayant la consistance du verre et du sel simultanément. Ça ne ressemblait à rien de ce qui existe sur terre. Duval n'avait jamais vu une chose pareille et avait la bouche grande ouverte alors que le Professeur remettait l'objet dans sa valise.

- Euh... mais qu'est-ce... qu'est-que c'était que ça ? fit-il d'un air agar.

- Eh bien j'aime l'appeler le capteur d'ondes, ou le senseur d'éther ou encore la machine empathique. D'ailleurs vous avez eu une excellente démonstration de sa capacité empathique alors qu'elle ressentait parfaitement votre colère et s'est mis à arborer parfaitement la couleur associée à cette émotion. Duval se rassit maladroitement et demanda au Professeur de revoir la chose. Celui-ci refusa et demanda plutôt à Duval de bien vouloir poursuivre l'entretien dans son laboratoire. Le neurologue acquiesça.

Le ciel s'assombrissait et des nuages menaçant commençaient à s'étaler aux environs du centre de recherche alors que les deux hommes quittaient le stationnement de l'établissement en direction du laboratoire. Marchant d'un pas expéditif, ils n'échangèrent aucune parole pendant ce court trajet. Dès leur arrivée au local L-250, le Dr. Duval demanda à ses associés de recherche de prendre congé pour l'après-midi puisqu'il aurait besoin du local pour faire une expérience avec le Professeur Poirier. Il y eut quelques brèves objections de la part des jeunes gens présents mais après quelques minutes le laboratoire était libre.

« Montrez-moi cette chose à nouveau Poirier fit Duval avec impatience. Je veux l'examiner de près. Et gare à vous s'il ne s'agit que d'une supercherie, d'un vulgaire gadget de magicien de foire ! Je n'ai pas de temps à perdre moi, ni mon équipe d'ailleurs !

Le Professeur ouvrit sa valise à nouveau et à peine l'eût-il ouvert qu'une lueur d'un bleu turquoise se mit à envahir l'espace environnant. Une fois dans la main de l'homme, la chose prit un aspect verdâtre mais bientôt la teinte oscilla vers d'autres tons et se mit à acquérir des textures d'étranges compositions.

Duval le contempla et fut à nouveau ébahi par la singularité de l'objet. Il l'examinait sous tous ses angles et le tira soudainement d'entre les mains de Poirier le plaçant sur un des comptoirs du laboratoire. Il prit une loupe et scruta la chose d'encore plus près.

« Mais ça bouge constamment ! Et ça change sans arrêt !!… On dirait de la fumée pendant une seconde, et la seconde suivante une boule de sel ou je ne sais quoi ! Mais qu'est-ce que c'est ?

- Je vous l'ai dit c'est un capteur d'ondes. Cet objet capte les émotions qui l'entourent. Mais il y a plus ! Il a aussi la capacité de les conserver en mémoire et de les retransmettre pour quiconque touche l'objet à la suite de la captation. Poirier s'approcha de Duval avec la chose en main et l'enligna au milieu de sa poitrine au niveau du cœur. Voyez !

Le cœur de Duval se mit à battre à tout rompre, ses tempes battaient la mesure au même tempo et il ressentit la rage qu'il avait éprouvée au restaurant quelques minutes plus tôt l'envahir à nouveau. Il ressentait une forte envie d'injurier Poirier pour lui avoir fait perdre son temps et l'entretenir de sujets aussi insignifiants qu'absurdes. Poussé par cette impulsion de rage incontrôlable, il leva son index dans les airs et s'apprêtait à insulter Poirier lorsque celui-ci retira vite l'objet pour le remettre sur le comptoir. Duval reprit ses sens peu à peu puis il s'assit lourdement sur la première chaise qu'il trouva.

« Incroyable ! C'est incroyable… mais impossible !! C'est impossible voyons !

Il répétait ces mots comme si la lourdeur de la répétition pouvait leur attribuer une quelconque pertinence. Il fixait le parapsychologue et hochait de la tête.

« Il faudrait répéter l'expérience. Il n'y a rien comme la reproductibilité. Il faut essayer à nouveau. Un seul essai ça ne veut rien dire.

- Parfait dit le Professeur, il nous suffit de capter une nouvelle émotion. Il réfléchissait… Voyons quelle émotion pourrions-nous…? Oh je crois avoir trouvé ! Ma femme vient de mettre au monde notre premier enfant il y a quelques semaines. Chaque fois que je pense à ma fille je deviens extrêmement émotif. Je pourrais essayer de faire capter l'émotion au capteur et vous passer l'objet ensuite.

- Excellent ! Excellent ! Je déteste les enfants ! Si vous réussissez à me faire fondre pour un enfant ce sera un début d'élément de preuve !!

Poirier se mit à penser à sa petite Justine et fut empli d'une émotion intense d'amour inconditionnel. Il se concentra sur ce sentiment pendant quelques minutes jusqu'à ce qu'il sente ses yeux commencer à se gorger d'eau. L'objet miroitait un nuage cristallin d'un blanc immaculé qui laissait entrevoir des tons nuancés d'un joli rose tendre. Puis il prit la chose qui éblouissait littéralement la pièce et la porta sous le cœur du neurologue. À ce moment, Duval arbora un sourire béat et se mit à fixer un vague point dans les airs alors que ses yeux semblaient devenir totalement exaltés et saturés de larmes qui menaçaient d'ailleurs d'inonder son visage à tout instant. Duval n'avait jamais de sa vie ressentit un tel sentiment, un sentiment si pur, si profond, si sincère.

Après environ dix minutes, le professeur éloigna l'objet du plexus du neurologue et lui accorda quelques instants avant de l'interpeler afin de lui permettre de se remettre de ses émotions. Puis doucement il demanda :
- Et puis Dr. Duval ? Avez-vous capté l'amour que je ressens pour ma fille ??

Duval était totalement muet. Il regardait vers le sol et se grattait la tête, il était totalement mystifié. Je ne comprends pas, je ne comprends pas, faisait-il en hochant la tête. Poirier s'approcha de lui et lui dit lentement.
- Dr. Duval, j'ai besoin de votre expertise pour m'aider à mettre au point un projet fabuleux. Vous voyez, le capteur d'ondes ne capte que la partie éthérée des émotions alors que votre appareil capte leurs composantes neurologiques et physiques. Si nous pouvions combiner les deux types de censeurs, nous pourrions enregistrer totalement l'expérience des émotions humaines et ultimement constituer une banque où toutes les émotions seraient accessibles dans une gigantesque mémoire.

Duval écoutait maintenant Poirier avec intérêt. Il réfléchit longuement puis lança.
- Mais dites-moi Poirier, à quoi pourrait servir un tel outil ?
- À quoi ? Mais vous voulez rire ? À quoi ça servirait ?? Mais ! Mais les applications sont illimitées, infinies !! Elles ont des répercussions humanitaires inimaginables ! Les gens pourraient

enfin percevoir exactement ce que les autres ressentent dans les situations les plus diverses. Le niveau d'empathie des êtres humains s'en trouverait décuplé ce qui pourrait avoir ultimement comme conséquence d'éliminer toutes les perversions et les dépravations humaines dont la cause est le manque d'amour et d'empathie.

« À quoi précisément faites-vous référence ? Fit Duval perplexe.

- Eh bien, les guerres, les viols, les meurtres mais aussi l'hypocrisie, le mensonge la fraude, la mesquinerie ! Si chaque personne ressentait la douleur qu'elle cause aux autres par chacune de ses actions blessantes, la qualité des relations humaines pourrait s'améliorer de façon phénoménale. Vous voyez où je veux en venir ? Nous pourrions créer une sorte de machine à créer l'empathie qui contribuerait à rendre l'humanité véritablement humaine !

Duval l'écoutait et sentait une étrange sensation l'envahir. Il commençait à partager l'enthousiasme de Poirier, son cœur augmentait sa cadence et mille et une idées se bousculaient dans sa tête déjà encombrée. Il demanda au parapsychologue de le suivre au fond du laboratoire. Dans un coin retiré se trouvait une chaise munie d'un genre de calotte reliée à des fils électriques. Duval expliqua à Poirier que cet appareil servait à enregistrer les ondes cérébrales qui étaient émises par le cerveau pendant des événements pouvant créer une émotion. L'appareil pouvait capter les ondes et les retransmettre également. En fait, cet appareil était en tout point identique au capteur d'ondes du professeur Poirier, à part le fait qu'il enregistrait des informations se situant strictement aux niveaux biologiques et physiques.

Les deux hommes échangèrent un regard complice et se mirent à discuter pendant les heures qui suivirent de toutes les combinaisons et agencements possibles qu'ils pourraient concevoir pour confectionner une machine combinée. Une machine empathique.

Ils parvinrent à imaginer un prototype où le capteur d'ondes et la machine électrique seraient reliés par une interface informatisée qui enregistrerait les signaux combinés pour les analyser, les compiler et les mettre en mémoire. Le plus difficile serait d'enregistrer les signaux du capteur d'ondes puisque la nature de cette chose leur était totalement inconnue. Toutefois le Dr. Duval possédait un convertisseur de signaux très sophistiqué qu'il croyait pouvoir utiliser pour cette expérience. Il serait peut-être nécessaire de le faire modifier, mais il y verrait en temps et lieu.

Les deux hommes quittèrent le laboratoire vers 3:30 du matin et se donnèrent rendez-vous pour continuer leur projet pendant les jours du week-end afin d'avoir l'endroit pour eux seuls. Ils travaillèrent ainsi pendant plusieurs mois, réservant presque tout leur temps libre à la conception de la fameuse machine. Le capteur d'ondes du Professeur Poirier leur causa de pénibles maux de tête puisque l'interface n'arrivait pas à saisir complètement les signaux qu'il émettait. La complexité, la diversité et le registre de fréquence des ondes étaient si étendus qu'ils durent faire appel à un ingénieur de la polytechnique pour qu'il modifie l'interface d'interprétation afin que celle-ci puisse gérer de la façon la plus universelle possible les signaux entrants. Bien entendu, le neurologue ne dévoila que le strict minimum d'informations à cet ingénieur qui vécut d'intenses frustrations au cours de ce travail effectué presqu'entièrement à l'aveuglette…

Après environ quatre mois de travail acharné, le prototype commença à prendre forme et les chercheurs se mirent à faire des essais sur la machine afin de tester son efficacité. Ils commencèrent par enregistrer leurs propres émotions, puis éventuellement, se mirent à solliciter des gens trouvés sur la rue à qui ils offraient en échange de leur temps et de leurs états d'âmes, une certaine rémunération. Ils utilisèrent même des animaux. De petites bêtes en plein combat de territoire, des chattes en chaleur, ou simplement tout animal perdu et apeuré qui passait par là, le but étant de compiler le plus d'émotions possibles et de vérifier ensuite la justesse de la transposition par la machine. Ils firent ensuite la tournée des parcs d'amusement, des hôpitaux, des orphelinats, des prisons et même des salons funéraires afin de trouver des volontaires pour leurs expériences. Les cobayes étaient donc utilisés tour à tour pour émettre une émotion ou pour recevoir celles émises par d'autres. Les chercheurs testaient eux-mêmes très souvent l'appareil de sorte que le professeur Duval put expérimenter, entre autres, ce que l'on ressent lors d'un accouchement ou d'un cancer de la gorge et Poirier éprouva par exemple l'angoisse d'un prisonnier et d'un immigrant nouvellement arrivé.

À mesure qu'ils compilaient et enregistraient toutes ces données, les chercheurs effectuaient des ajustements sur la machine afin que celle-ci soit en mesure de rendre de la façon la plus juste possible toutes les facettes des émotions captées. Le but ultime recherché était d'enregistrer tout ce que le système nerveux avait pu saisir lors d'une expérience émotionnelle, soit non seulement la captation des stimuli nerveux mais également la mémoire cognitive des évènements. Le capteur d'ondes était parfaitement complémentaire à cette première partie de l'appareil, puisqu'il était en mesure de rendre toute la composante plus subtile et éthérée des émotions qu'il saisissait.

Puis un jour, après de longs mois de travail, la machine sembla être à point. L'expérience sensorielle était remarquablement rendue par l'appareil qui était, en plus d'être efficace, très compact et pratique. La machine empathique était prête à être utilisée pour contribuer à l'évolution de l'humanité…

Alors que les procédures pour l'obtention du brevet étaient déjà entamées, les chercheurs continuaient à compiler encore plusieurs échantillons provenant de leur milieu professionnel et de leur entourage. La machine renfermait maintenant un inventaire de plus de dix mille enregistrements de toutes sortes et la liste ne cessait de s'allonger. Peu à peu, la nouvelle de l'existence d'une machine fabuleuse commença à se répandre tant au niveau du public que dans le milieu universitaire, et bientôt les chercheurs furent assaillis de toutes parts par des gens qui voulaient absolument expérimenter cette merveilleuse découverte.

Les inventeurs se mirent à accepter que certaines gens viennent expérimenter la machine pour un léger frais de cent cinquante dollars la session. Ces personnes étaient issues de toutes les couches de la société et étaient motivées par les motifs les plus variés.

Par exemple, un homme qui souffrait de dépression chronique voulut amener quelques membres de sa famille pour une session avec la machine, afin qu'ils puissent expérimenter sa souffrance et cessent de croire qu'il n'était que paresseux et lâche. Sa femme fut la première à en faire l'expérience. Son mari avait préalablement fait un enregistrement de ses états d'âmes pendant une vingtaine de minutes et son épouse s'installa peu après pour ressentir ce que la machine avait capté. Dès que la session débuta elle sentit son esprit basculer dans un état d'une noirceur indescriptible. Tout sembla devenir lourd et terne. Une lourdeur tout aussi mentale que physique d'ailleurs, puisque son corps entier était accablé de douleurs et de courbatures. Plongée dans cet état lamentable la femme ressentait un état de confusion et de trouble intense. Sa gorge était nouée, son estomac renversé, et sa nuque était d'une rigidité incroyable. Mais le plus insupportable était le sentiment intense de tristesse qui l'envahissait. Une tristesse profonde et affligeante qui ne s'expliquait pas. Il n'y avait aucun processus mental qui y était lié. C'était comme ressentir une émotion qui n'a aucune cause apparente et qui ne peut être apaisée par aucun raisonnement logique. Elle se sentait profondément abattue et découragée lorsque tout à coup la machine s'arrêta. La femme resta plusieurs minutes sans bouger, complètement bouleversée par ce qu'elle venait de vivre. Puis elle se leva péniblement, alla retrouver son mari et se jeta dans ses bras en pleurant à chaudes larmes.

Les situations de ce genre se multiplièrent, puisque les gens ressentaient le besoin de faire comprendre aux autres leurs émotions profondes, leurs états d'âme afin d'être mieux compris et acceptés par ces derniers.

Parmi les autres cas qui se présentèrent, il y eut une femme qui traîna de force son mari pour qu'il expérimente les petits problèmes mensuels féminins. Un médecin expérimenta ce que son patient ressentait pendant une ponction lombaire. Une dame ressentit la peine qu'elle avait causé à sa sœur par le fait d'être la favorite de ses parents et d'avoir exploité ce privilège à ses dépends. D'autres personnes voulaient faire ressentir à leur entourage, leurs phobies, leurs rêves, leurs frustrations. Des jeunes purent expérimenter la vieillesse, des aveugles purent voir, des sourds entendre, des hommes devinrent des femmes et inversement. Tous avaient la possibilité d'être compris dans leurs maladies, leurs peines, leurs passions et leurs tourments sans avoir à les expliquer ou les justifier, mais simplement en les partageant. Les répercussions de ces expériences étaient toujours remarquables, plusieurs prises de conscience s'effectuaient et les gens étaient fascinés de ce qu'ils découvraient.

Éventuellement, certains organismes humanitaires voulurent eux aussi utiliser l'appareil, tel que des centres de désintoxication, des organismes pour hommes violents, des prisons, puis ultimement même certains ministres et des membres de gouvernement se montrèrent intéressés.

Tout allait pour le mieux pour les deux inventeurs de la machine empathique. Le seul problème qui existait était le fait que l'invention ne pouvait être reproduite afin d'en faire la mise en marché à grande échelle. Le capteur d'ondes était unique et ne pouvait être répliqué. Néanmoins, Poirier et Duval étaient maintenant devenus riches même par l'utilisation de ce seul appareil et décidèrent de créer un institut pour centraliser les activités reliées à la machine. Ils quittèrent leurs emplois respectifs et inaugurèrent le nouvel institut près d'un an après la création de la machine.

Les deux chercheurs poursuivaient leur recherche au sein de cet institut afin de toujours améliorer la machine empathique. Ils voulaient entre autre la modifier afin de permettre à l'émetteur et au receveur d'une expérience, d'utiliser la machine de façon simultanée. Ils engagèrent donc du personnel pour la recherche, mais également pour la gestion de la compilation et du classement des nouveaux enregistrements. Bien qu'il y ait suffisamment de personnel pour faire ce travail, il n'était pas rare que le Dr. Duval ou le professeur Poirier fassent eux-mêmes les tris des archivages afin de rester à jour dans leur inventaire.

Il arriva donc qu'un soir, alors que le Dr. Duval passait en revue les enregistrements qui avaient été faits, qu'il découvrit une série de compilations qui lui semblait nouvelle. Cette série ne portait aucune dénomination alors que tous les échantillons avaient été classés sous une catégorie ou une autre lors de leur enregistrement. Il se dit que Poirier avait du compiler cette série à temps perdu et n'avait pas eu le temps de lui en parler. Il s'installa sur une chaise et disposa la machine afin de recevoir au niveau de son cerveau et son plexus les émotions enregistrées. Il plaça la calotte électrique sur sa tête et fixa la section du capteur d'ondes qui se trouvait dorénavant à l'intérieur d'une sorte de sphère de verre maintenue en place par des courroies en cuir et reliée à une interface d'ordinateur ayant la taille d'une boîte de papier mouchoir.

Il sélectionna le premier item qu'il trouva dans la série inconnue et mit l'appareil en marche. Il eut très rapidement une impression de vertige lorsqu'il commença à ressentir ce que la machine lui envoyait. Il se rendit vite compte que ce vertige était causé par le fait qu'il tourbillonnait sur lui-même à une vitesse folle, comme si il était pris dans le sillon d'un filet d'eau tournant dans le fond d'un évier. La vitesse était hallucinante et il avait une impression de légèreté incroyable, comme si son corps était composé d'une substance transparente et volatile. Il continuait cette course alors qu'autour de lui semblait se former un étrange tunnel, un genre de vortex qui paraissait interminable. Il tourbillonnait encore lorsqu'il s'aperçut que le tunnel s'élargissait et menait vers ce qui semblait être une immense plage aux abords d'un océan. Duval n'en croyait pas ses yeux, et se demandait qui pouvait bien avoir enregistré tout ça, et quand ? Et dans quel contexte ?

Il se sentit comme éjecté du tunnel vers cette plage en atterrissant de façon brusque comme si il fut arrivé en parachute. Il resta quelques instants le visage dans le sable puis se retourna. Ce qu'il vit était d'une beauté indescriptible. Tout autour de lui le ciel arborait des teintes rosées où scintillaient des points multicolores qui virevoltaient dans toutes les directions et semblaient pétiller dans l'air comme les bulles d'un soda. Les couleurs étaient vives et intenses, mais étrangement différentes de celles qu'il connaissait. Le ciel semblait fondre sur lui-même laissant s'amalgamer entre eux d'énormes nuages chamarrés.

Ces mouvements du ciel produisaient un vent qui soufflait doucement sur la plage et laissait des effluves délicieuses de fleurs, alors qu'aucune plante n'était en vue. Le Dr. Duval ressentait un état d'euphorie indescriptible et tous ses sens semblaient être animés d'une acuité surhumaine. Il resta quelques instants dans un état de béatitude totale avant de s'avancer doucement sur la plage. Le sable sous ses pieds ne se déplaçait pas sous son poids et le neurologue paraissait flotter et même rebondir du sol à chaque pas.

Il était léger comme l'air et pouvait se déplacer à plus ou moins grande vitesse à volonté. Après quelques minutes de ce manège, il se mit à réfléchir à la situation. Il se dit que probablement quelqu'un avait dû enregistrer un rêve ou quelque chose du genre.

Puis il se replongea dans son expérience sensorielle, sachant que l'enregistrement allait certainement se terminer bientôt, puisque chaque item avait une durée d'environ une vingtaine de minutes. Si la transcription durait plus longtemps, elle était étalée sur plusieurs sections. Comme prévu, l'enregistrement se termina, tout juste au moment où Duval croyait avoir aperçu un nouvel élément se poindre dans le paysage. Il croyait avoir vu des êtres sortant de la mer. Mais peut-être avait-il mal vu…Il revint à lui progressivement et décida de poursuivre sur la bande suivante. Très rapidement il se retrouva à l'instant même où il s'était trouvé précédemment, alors qu'il croyait avoir vu des gens se pointer à l'horizon. Alors qu'il se concentrait visuellement sur l'endroit où il croyait avoir vu quelque chose, il distingua très distinctement des êtres sortir directement de l'eau et flotter au-dessus de la mer.

Il écarquilla les yeux afin de ne rien manquer et remarqua que ces êtres étaient immensément grands et avaient des cheveux d'un blond presque blanc ainsi que d'immenses yeux bleus. On aurait dit que de la lumière émanait d'eux de sorte qu'ils avaient presque l'aspect… d'anges ! Duval n'y comprenait rien… Mais où était-il ? Qui avait enregistré cette bande ? Il arrêta l'appareil avant la fin et se dit qu'il devait absolument parler à Poirier. Peut-être était-il au courant, peut-être avait-il lui-même fait ces enregistrements. Il téléphona à son compère sur le champ et lui expliqua la situation. Le professeur Poirier ne savait rien de ces transcriptions et ne pouvait se rendre au centre de recherche pour voir de quoi il s'agissait. En effet, il devait s'occuper de sa fille Justine pendant quelques jours puisque sa femme se trouvait au chevet de son père mourant en dehors de la ville. Il demanda au Dr. Duval de se rendre chez lui avec l'appareil puisqu'il ne pouvait quitter la maison. Duval installa délicatement l'appareil dans une mallette et se dirigea précipitamment hors de l'institut.

Une fois dans la voiture il vérifia l'état de la mallette et son contenu pour s'assurer que tout était sec et une fois rassuré se perdit dans ses pensées en observant la pluie glisser sur son pare-brise.

Reprenant ses esprits quelques minutes plus tard, il fit démarrer la voiture en s'assurant de mettre en marche les essuie-glaces à la puissance maximale puisque la pluie s'était intensifiée.

Lorsqu'il arriva chez le professeur Poirier celui-ci avait déjà préparé un espace dans son bureau pour faire l'écoute de l'enregistrement. Le Dr. Duval installa rapidement l'appareillage sur Poirier et mit la machine en marche. Lorsque le professeur eut terminé la "lecture" de l'inscription il regarda le Dr Duval d'un air bouleversé et balbutia :

- Mais qu'est-ce que c'est ? On dirait un voyage astral quelconque...

- Un quoi ? fit Duval.

- Un voyage fait avec le corps subtil, voyons... Un voyage astral répondit Poirier agacé.

- Bon c'est reparti avec tes...

- Eh bien Duval, interrompit Poirier, tu connais un endroit comme ça sur la terre toi ?

Duval ne répondit pas. Il se grattait la tête. Puis il regarda le professeur à nouveau et dit :

« Est-ce que tu as donné la clé du laboratoire à quelqu'un d'autre ?

- Mais bien sûr que non, voyons. Il n'y a que la personne de l'entretien qui a un double.

- Et les nouveaux employés ? Pourraient-ils avoir eu accès.

- Tu sais comme moi que tous les nouveaux employés n'ont pas la clé de ce local et ont fait l'objet d'une entrevue et d'une vérification exhaustive avant leur embauche.

- Bon, bon, je ne fais que suggérer des possibilités... Il faudrait quand même vérifier...

- C'est bon fit Duval, je vais faire ma petite enquête dit-il résigné.

Pendant les jours qui suivirent le Dr. Duval surveilla étroitement les allées et venues du laboratoire et s'assura de mettre l'appareil dans une armoire fermée sous clé. Il décida aussi de faire installer une minuscule caméra afin de scruter les différents recoins du local. Malgré sa vigilance, il ne remarqua rien de singulier au cours des jours qui suivirent.

Pendant ce temps, à temps perdu, il décida de passer en revue tous les enregistrements de la série non identifiée dont il n'avait pas encore fait l'expérience. Les inscriptions se ressemblaient à quelques détails près, c'est-à-dire qu'elles se déroulaient toutes dans des lieux fabuleux et étranges et qu'elles débutaient toujours par un voyage par tunnel. Puis, il se produit quelque chose d'inattendu. Une des inscriptions menait vers un endroit tout à fait différent des autres. L'ambiance y était absolument désolante, les émotions étaient lourdes et angoissantes et d'une extrême tristesse. On s'y déplaçait avec une lenteur ahurissante et tout semblait extrêmement terne et crasseux, sans vie. Un bruit de fond était omniprésent et ressemblait vaguement à des voix se lamentant jumelées à des sons caverneux qui auraient pu être décrits comme des bruits de structures de métal qui se tordent.

Duval s'y sentait si malheureux qu'il aurait voulu mourir tant ce climat pénible lui pesait. C'est comme si tout ce qu'il avait vécu de difficile, de souffrant et de triste dans sa vie avait été amalgamé en une seule impression et multipliée des millions de fois. C'était absolument insupportable. Il arrêta la machine.

Pendant les jours qui suivirent le neurologue fut hanté par ses expériences récentes. Il avait de la difficulté à se sortir de la torpeur dans laquelle l'inscription l'avait plongée. Il était complètement atterré et déprimé et n'arrivait pas à fonctionner. Il ne répondit pas au téléphone ni à la porte de son domicile pendant plusieurs jours. Le professeur Poirier tenta à plusieurs reprises de le rejoindre mais en vain. Il voulait lui faire part du fait qu'il croyait savoir qui avait ajouté la série d'inscriptions non identifiées dans la machine. Il lui laissa plusieurs messages et courriels à cet effet. Lorsque le Dr. Duval écouta enfin ses messages il se précipita sur son téléphone et appela le professeur pour en discuter. Ils se donnèrent rendez-vous dans le laboratoire.

Le soir était déjà tombé lorsque les deux hommes arrivèrent au laboratoire de l'Institut. Poirier ouvrit la porte du local, laissant entrer Duval qui ressemblait à un sans-abri qui ne s'était ni lavé ni rasé depuis des jours. Poirier alla chercher la machine empathique dans l'armoire fermée à clé et eut la surprise de sa vie. La machine avait disparu!

« C'est bien ce que je croyais ! s'écria-t-il.

- Quoi ? fit Duval inquiet.

- La personne que je soupçonnais est passée à l'action. Je le savais!

- Mais de quoi parles-tu enfin !

Le professeur expliqua qu'il avait eut des doutes sur la personne responsable de l'entretien, puisqu'il l'avait vu traîner bien au-delà de ses heures et flâner autour du laboratoire à des moments inopportuns.

- Il faudrait se cacher et attendre qu'il revienne pour le prendre sur le fait, dit le professeur en cherchant un coin pour s'installer.

- Mais tu n'y penses pas ? répondit Duval, il pourrait ne revenir que dans la matinée !

- Eh bien nous dormirons ici. Il n'est pas question de laisser un inconnu se servir de notre machine sans notre permission. Il aura des comptes à rendre, c'est moi qui te le dis.

Ils s'installèrent donc pour la nuit dans le bureau situé au fond du laboratoire là où était habituellement enfermée sous clé la machine empathique. Ils décidèrent de se rallier pour des périodes de trois heures de sommeil en alternance, espérant ainsi prendre l'intrus sur le fait. Vers quatre heures du matin le professeur Poirier entendit un bruit étrange qui provenait de l'extérieur du local. Il s'approcha lentement vers la porte et l'entrouvrit doucement tentant vainement d'entrevoir quelque chose dans le couloir. Il n'y avait rien. Il s'avança plus en avant dans le corridor et constata que le bruit qu'il avait entendu n'était simplement que le système de ventilation qui s'était mis en marche. Il retourna donc au laboratoire en jetant un dernier coup d'œil derrière lui afin de s'assurer que rien ne lui avait échappé. Il n'y avait absolument rien de particulier à signaler. Il retourna s'étendre sur le sol et ne se réveilla que vers six heures du matin quand le Dr. Duval le réveilla.

« Alors ? Tu as vu quelque chose Jean ?

- Mais non et toi ?

Le Dr. Duval répondit non d'un signe de la tête. Ils se dévisagèrent, et au même moment se précipitèrent à l'endroit où la machine se trouvait habituellement et à leur grand étonnement… elle était à sa place habituelle.

- Mais, comment est-ce possible ? fit Poirier… mais …

- Tu as dû t'endormir pendant ton tour de surveillance.

- Moi ? Pourquoi moi ?

- Parce que moi, je ne me suis pas endormi pendant mes tours, donc c'est forcément toi…

Les deux hommes argumentèrent ainsi pendant plusieurs minutes jusqu'à ce qu'ils se mettent finalement d'accord pour installer une caméra qui ne filmerait que l'armoire où la machine était entreposée. Ainsi, ils seraient assurés de ne rien manquer si quelqu'un venait à nouveau tenter de chaparder leur invention.

Au cours des semaines qui suivirent, la machine disparut et réapparut encore de façon mystérieuse et à chaque fois, de nouvelles transcriptions étaient compilées dans l'appareil. Toutefois rien n'apparaissait sur les vidéos d'enregistrement de la caméra de surveillance. En fait, quelque chose d'étonnant se produisait. Lorsque l'on passait la vidéo à vitesse très accélérée, on pouvait voir la machine à travers l'armoire vitrée où elle était entreposée pendant plusieurs minutes elle se trouvait là sans bouger, puis tout à coup, on la voyait simplement disparaître. Si l'on poursuivait la vidéo sur plusieurs minutes encore, ce qui équivalait à des heures en temps réel, on la voyait réapparaître à nouveau. Elle apparaissait et disparaissait et revenait avec de nouvelles transcriptions. Et tous ces enregistrements semblaient illustrer des images et impressions issues de mondes irréels.

Les chercheurs durent se rendre à l'évidence que personne n'avait tenté de voler la machine et que tout ceci relevait d'un phénomène totalement mystérieux et inexpliqué. Le professeur Poirier commença à se demander si tout ça n'avait pas un lien avec la provenance du capteur d'ondes. Après tout, son donateur avait mentionné qu'il était d'origine…extra-terrestre…

Afin de mieux comprendre ce mystère, le parapsychologue entreprit d'expérimenter toutes les transcriptions récentes. Il se dit que peut-être des gens d'ailleurs essayaient de lui envoyer un message. Il passa plusieurs soirées à faire l'écoute des transcriptions et vécut des émotions extrêmement variées qui oscillaient de la pure extase à la pire sensation de vide et d'horreur et ceci à travers des paysages plus étranges et diversifiés que l'on puisse imaginer. Ces expériences devenaient tellement éprouvantes que le professeur devait prendre des moments de repos puisque même lorsqu'il vivait des moments de joie, son esprit avait de la difficulté à tout assimiler. Toutefois, malgré tout ce travail, le parapsychologue ne trouvait aucun message particulier ni aucune explication à la disparition de l'appareil.

Au cours de la semaine qui suivit, le professeur Poirier réunit son équipe de recherche pour leur faire part de ses questionnements. Il demanda à chacun d'être à l'affût de toute nouvelle inscription spontanée et de tenter de faire un lien avec un déclencheur potentiel. Ils se mirent donc au travail et certains enregistrèrent eux-mêmes des émotions qu'ils vivaient afin de voir si une nouvelle inscription s'ajoutait et surtout si celle-ci était reliée à leur propre émotion. Ce qu'ils découvrirent est que les inscriptions spontanées semblaient apparaître lorsque le capteur d'ondes résonnait avec quelque chose qui se trouvait déjà à l'intérieur de lui. Comme si ce qui était imprégné en lui vibrait et pouvait se retranscrire dans la machine de façon spontanée. Poirier se mit à réfléchir et se dit que ce capteur avait certainement dû exister depuis très longtemps et avait donc dû capter une foule d'émotions humaines au fil du temps. Il avait peut-être même saisi des émotions provenant d'autres mondes. Qui sait ?

Le professeur fut extirpé de ses pensées lorsque le Dr Duval entra précipitamment dans la pièce.

- Jean ! il faut que l'on trouve plus de détails sur le donateur du capteur d'ondes.

- Que sais-tu de lui ?

- Eh bien pas grand-chose, son don était anonyme…

- Je suis certain que si nous avions plus d'informations sur cette chose nous comprendrions mieux la façon dont elle fonctionne. As-tu encore en ta possession les documents qui sont reliés à la remise du don.

- J'ai peut-être ça quelque part chez moi. Je vais regarder ce soir.

Le soir même, le professeur Poirier se mit à la recherche du document qu'on lui avait remis lorsqu'il travaillait à l'Université il y avait déjà quelques années. Il se souvenait qu'à l'époque, un livreur des postes lui avait remis en mains propres une boîte scellée portant l'inscription «fragile». Il avait du signer plusieurs papiers afin d'officialiser la livraison du paquet. Lorsqu'il s'était retrouvé seul dans son bureau il avait ouvert d'abord une lettre qui se trouvait sur le dessus de la boîte. Le professeur se souvenait vaguement du contenu de cette lettre. Entre autre, elle mentionnait que le paquet qui était joint contenait un objet très rare et précieux qui pourrait aider l'humanité et qu'il devait être légué à quelqu'un qui en ferait bon usage. Le donateur avait fait également mention du fait qu'il espérait par ce geste, réparer les erreurs commises au cours de sa vie et il avait ajouté qu'il souhaitait rester anonyme.

Poirier se souvenait de ces détails mais espérait tout de même retrouver la lettre au cas où il pourrait y trouver quelques indices supplémentaires qui pourraient l'aider à retracer le donateur du capteur d'ondes. Il se souvenait avoir utilisé plusieurs boîtes pour vider son bureau lors de son départ de l'Université et les avaient entreposées dans son garage. Il consacra une bonne partie de la soirée à tenter de retrouver l'enveloppe en faisant le tri de ces boîtes. Il retrouva enfin la lettre près d'une heure plus tard. Il l'a lu à nouveau, mais ne trouva aucune information supplémentaire, à part le fait que la date et la ville se trouvait en haut de la page. Poirier se souvint que cette ville était la même que celle sur l'étiquette apposée par la poste sur la boîte. Ce détail l'avait frappé puisque c'était la ville natale de sa mère, en fait un tout petit village qui se trouvait à quelques 300 kilomètres de l'Université. Toutefois la lettre datait d'environ deux ans avant le moment où le professeur avait hérité du capteur d'ondes, soit autour de la date de mort de son donateur. Donc, tout ce qu'il possédait comme information était que quelqu'un qui vivait dans telle ville, à tel moment lui avait fait un don… Le bassin de personnes possibles était quand même assez vaste. Puis il réfléchit et se dit tout haut, mais, la succession devait bien avoir été notariée !

Poirier décida de se rendre dans la ville de Minerve dès le lendemain et de rencontrer tous les notaires de la petite ville afin de retracer son donateur. Seulement deux notaires étaient listés dans le bottin. Il se rendit chez chacun d'eux mais après plusieurs pour-parlers, il réalisa qu'aucun n'était disposé à lui donner de l'information puisque celle-ci était strictement confidentielle. Alors que découragé il s'apprêtait à quitter le bureau du dernier notaire, Maître Deschamps, la secrétaire du notaire s'approcha doucement de lui et refila un billet entre les doigts en lui chuchota de ne le lire qu'une fois arrivé dans sa voiture. Le professeur un peu surpris de cette attitude fit tout de même ce que la dame lui avait dit. Une fois dans sa voiture il lut le billet.

« J'ai, malgré moi, entendu la conversation que vous avez eu avec le notaire, voici mon numéro, appelez-moi ce soir j'ai l'information que vous cherchez. »

Le parapsychologue reprit la route en fin d'après-midi, et une fois arrivé chez lui, composa le numéro de l'intrigante secré-taire vers les huit heures du soir. Un seul coup sonna puis une dame répondit.

« Allo ?

- Euh... oui bonsoir Madame, vous êtes bien la secrétaire du notaire Deschamps ?

- Oui c'est moi. Vous êtes M. Poirier qui était au bureau cet après-midi ?

- Oui. Vous m'avez donné votre numéro sur le billet.

- M. Poirier je sais que ce que je vais dire est confidentiel, mais il faut que vous sachiez. Vous cherchez à savoir qui est la personne qui vous a donné la merveilleuse boule à émotions n'est-ce pas ?

- Oui. C'est ça... Vous êtes au courant pour le capteur d'ondes ?

- Ah ! c'est comme ça qu'on l'appelle ?

- Comment se fait-il que vous connaissiez cet objet?

- Parce qu'il appartenait au mari de ma sœur.

- Ah bon ? fit Poirier abasourdi. Continuez fit-il...

- Eh bien, le mari de ma sœur était un homme pour le moins... excentrique. Il était très riche et ne travaillait pas. Il consa-crait ses journées entières à sa passion, les phénomènes inexpliqués. Cette passion lui avait été transmise par son grand-père qui lui racontait dans son enfance toutes sortes d'histoires sur ce genre de phénomènes. Il lui aurait d'ailleurs dit un jour qu'il avait été en contact avec des extra-terrestres et que ces gens très grands avec d'immenses yeux bleus lui auraient remis la boule à émotions. Son grand-père disait que l'objet avait le pouvoir de pénétrer le cœur des gens. Donc mon beau-frère consacrait sa vie à essayer d'en savoir plus sur ce genre de chose. Vers la fin de sa vie, il s'amusait à se rendre dans les unités spéciales des hôpitaux ou les mouroirs afin de capter ce que les gens vivaient lors de leur... agonie, ou leur départ. Il voulait savoir ce que l'on ressent au moment de la mort.

- Il avait partagé tout ça avec vous ?

- Non, mais il en avait longuement parlé avec ma sœur, et ma sœur m'avait raconté puisqu'elle avait peur. Il voulait toujours avoir plus d'information et se rapprocher le plus possible du moment de la mort des gens, il était devenu comme obsédé.

- Elle avait peur ? Mais de quoi ?

- Qu'il finisse par tuer quelqu'un… afin de savoir…

- Et vous croyez qu'il l'a fait ?

- Je n'en suis pas certaine. Mais ma sœur pensait que oui. Elle m'en avait vaguement parlé mais évidemment restait un peu vague par rapport à ses inquiétudes. Maintenant qu'elle est décédée on ne saura jamais.

Poirier reprit :

- Votre beau-frère mentionne dans la lettre dans laquelle il me fait le don du capteur d'ondes qu'il voulait l'offrir afin de racheter certaines mauvaises actions, ou quelque chose du genre. Donc ce que vous dites fait du sens, dit Poirier songeur.

- Écoutez le but de ma démarche est de comprendre le capteur d'ondes, je ne veux pas régler des comptes avec votre beau-frère. Le don qu'il m'a fait a changé ma vie et va aider à changer l'humanité. Je voulais simplement comprendre pourquoi le capteur d'ondes semblait spontanément offrir des expériences absolument incroyables et inexplicables.

- Je peux vous dire que les gens qui meurent ou sont à l'agonie vivent les expériences les plus étranges qui soient. J'ai déjà moi-même pu ressentir à travers la boule quelques-unes de ces émotions et je peux vous dire que c'était absolument époustouflant. Et Félix, mon beau-frère, disait qu'il existait déjà dans cette boule des tas d'expériences imprégnées qui avaient été récoltées à travers d'innombrables contrées de l'univers et qu'elle pouvait vibrer lorsque des émotions similaires étaient vécues à nouveau. Parfois lorsqu'elle vibrait elle pouvait sortir de l'espace-temps et disparaître complètement. Comme si elle faisait un lien émotionnel entre les mondes. Comme si… comme si elle était empathique…

Poirier lança un petit rire.

« Vous ne sauriez mieux dire ma chère Dame… »

La conversation se poursuivit encore quelques minutes et le professeur remercia grandement la belle-sœur du donateur. Il l'invita à venir visiter le centre de recherche, lorsqu'elle le souhaiterait, afin d'observer la machine que son collègue et lui-même avaient conçue. Elle le remercia en retour et lui promit d'aller le saluer bientôt.

Le professeur Poirier était ravi. Il comprenait bien des choses maintenant. Il comprenait pourquoi le capteur d'ondes avait spontanément relâché des informations dans la section d'enregistrement de la machine empathique. C'est parce qu'il avait vibré à l'une ou l'autre des sessions enregistrées par les participants et il se trouvait que l'appareil, tel que conçu par les chercheurs pouvait faire l'enregistrement de ses cessions spontanées. Il comprit également que, comme il le croyait, les transcriptions étranges étaient liées à des sortes de voyages dans l'astral ou dans des dimensions différentes de celles connues sur la terre. Il comprit pourquoi la machine pouvait se dématérialiser lorsqu'elle vibrait à d'autres fréquences. Et enfin, il comprit que peu importe où l'on se trouve dans l'univers, les expériences émotives se recoupent et font vibrer la fibre empathique qui semble relier tous les êtres de l'univers.

Le professeur prit le téléphone et composa le numéro du Dr.Duval. Paul tu ne croiras jamais ce que j'ai à te raconter !

LE RETOUR

Nous sommes le 7 février 2072. Une matinée effervescente vient de s'amorcer alors qu'une nouvelle exceptionnelle fait écho sur toutes les tribunes médiatiques du monde. L'annonce d'un évènement aussi inusité que révolutionnaire provoque à l'échelle mondiale, une vague d'enthousiasme et de curiosité sans précédent. Les réseaux d'information transmettent en boucle une histoire qu'ils titrent « retour à la vie d'un homme congelé » dont ils saturent les ondes sans relâche, l'histoire incroyable d'un homme cryogénisé au vingtième siècle et ressuscité d'entre les morts.

Ainsi, on apprend que Frédéric Teulon, un riche entrepreneur ayant vécu de 1926 à 1999 a signé une entente à l'âge de cinquante ans, afin d'être congelé au moment de sa mort selon un procédé issu de la cryonie. Cette nouvelle technique de conservation qui émerge dans les années soixante, laisse présager l'immortalité en proposant la conservation des corps à de très basses températures dans l'attente du moment où la science soit assez avancée pour ramener à la vie les cadavres ainsi conservés. Teulon, qui à l'époque est un épicurien menant une vie faste et active, adore son train de vie et redoute férocement la mort qu'il entrevoit comme une fin inéluctable du corps et de l'esprit. Puisqu'il ne souscrit à aucune idéologie religieuse ou spirituelle, il ne croit pas à la pérennité de l'être et souhaite donc profiter de sa vie le plus longtemps possible. Ainsi, il est séduit par le concept rassurant que représente la cryogénisation et investit cinquante mille dollars afin de s'accorder cette espérance d'immortalité.

L'annonce de cette résurrection fera les manchettes de façon journalière au cours des semaines qui vont suivre. Pour l'instant, la nouvelle est fraîche et les informateurs ne possèdent que quelques bribes de renseignements transmis par la compagnie qui est responsable de l'exploit, les laboratoires Cryovie. Mais les média anticipent les questions qui brûleront les esprits échauffés des auditeurs et spectateurs tels que : comment c'est la mort ? Y a-t-il autre chose de l'autre côté ? Est-il heureux d'être revenu ? Comment se sent-il ?

Certains journalistes ont installé des campements autour des installations de Cryovie afin de se prévaloir de toute opportunité d'exclusivité lors de l'exhibition éventuelle du revenant. Un communiqué envoyé par le directeur du centre de recherche a en effet avisé que M.Teulon n'était pas encore apte à être présenté au public, mais que les médias seraient avertis en temps et lieu. Le patient doit effectivement, au préalable, se soumettre à une série de tests afin de s'assurer que tous ses organes et fonctions vitales fonctionnent de façon normale et efficiente. Et pour le moment, rien n'est gagné d'avance…

En effet, les médecins du centre ont constaté que certaines fonctions motrices du sujet sont lentes ou inopérantes et que son esprit semble encore embourbé. Il n'a pas encore retrouvé l'usage de la parole et semble ressentir de la douleur, son visage se trouvant dans un état de crispation constant depuis son réveil. Pour le moment, son corps est installé dans un incubateur afin de maintenir sa température stable et uniforme et il est nourrit par intraveineuse. Son cœur fonctionne parfaitement et les signaux électriques émis par son cerveau sont normaux, bien que dans les faits, les choses semblent être différentes. Le patient est placé sous surveillance constante, afin d'enregistrer tout changement éventuel et consigner tous ses progrès.

En réalité, à l'insu de tous, Frédéric Teulon éprouve les moments les plus affligeants et les plus difficiles qu'il n'ait jamais vécu. En plus d'éprouver une étrange souffrance physique, il se retrouve tourmenté au plus profond de son être, tant aux niveaux psychiques qu'émotionnels. Tel un forçat, il a la douloureuse impression d'être un damné faisant son entrée aux enfers. En effet, moins d'une heure auparavant, il se trouvait dans un état de plénitude totale, déambulant dans une sphère de l'univers dont il n'avait jamais soupçonné l'existence lors de son passage sur la terre. Un monde semblable à ce que les chrétiens appelaient, à l'époque où il vivait, le paradis. Un lieu parallèle à notre monde dans lequel il avait cheminé et évolué pendant les sept dernières décennies.

Au moment précis où on le ramène à la vie, il ressent une sorte d'aspiration dans son environnement immédiat qui semble se replier sur lui l'engouffrant dans une succion irrépressible. Puis, il se met à tournoyer à toute vitesse à travers un vortex qui paraît se distordre et former un tunnel dans lequel il s'engage jusqu'à littéralement tomber dans un corps. Un vieux corps dégelé et réanimé par la science du vingt unième siècle. Il a une impression de lourdeur inimaginable, croyant peser trois tonnes au moins et ressent d'étranges élancements électriques au niveau de tous ses muscles et ligaments. Seul un rictus crispant les traits de son visage laisse poindre une parcelle de sa souffrance, mais nul ne se doute de l'ampleur de sa détresse. Il commence à peine à réaliser ce qui arrive alors que des fragments de sa vie passée ressurgissent peu à peu à sa mémoire dans un tourbillon d'images et d'impressions vaguement familières qui loin de l'émouvoir, le laissent amèrement froid.

Il entrevoit des bribes de son enfance marquée par la pauvreté et l'alcoolisme de son père. Il revoit, à travers son adolescence et le début de sa vie adulte, les circonstances le poussant vers une quête acharnée du bonheur, qui, selon sa perspective de l'époque, se résume principalement à la richesse et la réussite sociale. Puis, la balance de sa vie continue de se dérouler; la rencontre de sa femme, la naissance de ses enfants, ses succès, ses déboires, la maladie, la mort, toujours dans cette rafale d'images qui se déploient à une vitesse folle de sorte qu'il ne s'écoule que quelques secondes pour compléter en entier ce bilan de vie.

Frédéric demeure émotionnellement distant face à ce qui, en d'autres temps aurait pu l'émouvoir. Toutefois, il se souvient vaguement avoir vécu cette même expérience de façon beaucoup plus émotive au moment de sa mort. Sa vie avait défilé de façon similaire dans son esprit, rapidement et avec intensité, le laissant complètement bouleversé. Pendant quelques instants… Car la suite s'avéra si incroyablement magnifique qu'il oublia très vite tout ce qui l'attachait à sa vie. L'amour qu'il ressentait pour ses proches demeurait intact, mais prenait un tout autre sens. Son corps physique, ses valeurs, ses aspirations, ses idéaux, ses repères devenaient excessivement quelconques et relatifs. Il entrait dans un monde où les repères physiques, émotionnels et relationnels n'avaient rien en commun avec ce qu'il laissait derrière. Son entité physique ne se résumait plus qu'à sa conscience, soit, ce qui s'apparentait à une singulière fusion entre sa tête et son cœur. Un genre de corps éthéré répliquant son corps physique semblait entourer cette conscience, mais il était si léger et malléable qu'il n'avait rien de commun avec l'original.

Ce nouveau monde était empreint de subtilité, de finesse, de grandeur, de lumière et de magnificence. Et rempli...d'amour... un amour inconditionnel et immense qui le comblait de joie et de sérénité. C'était au sens propre comme au figuré, le paradis. Frédéric touchait au véritable bonheur d'une façon entière pour la première fois de sa vie. Il avait bien effleuré une parcelle de cette félicité lorsqu'il avait connu l'amour de ses proches, mais l'amour terrestre étant ce qu'il est, soit incompétent et imparfait, il ne l'avait jamais connu dans sa sublime intégrité.

Pendant les années où il erra dans le nouveau monde il fut appelé à méditer sur son cheminement spirituel, à évaluer ses progrès et le travail qu'il restait à faire. Il s'employait à racheter les erreurs et les manques affectifs de son passage sur terre, en veillant sur ses enfants et en leur portant assistance à partir du monde éthéré. Il avait cheminé pendant plusieurs décennies et progressait tranquillement se préparant à vivre, ultimement, une nouvelle incarnation. Toutefois, le retour dans l'ancienne vie n'était pas ce qui lui était destiné. Cette incarnation forcée constituait un sérieux accroc et une entrave certaine à sa progression. Les étapes évolutives, d'après ce qu'il en savait, n'étaient pas assujetties aux choix de l'individu mais édictées par une sagesse suprême...

Les jours passaient depuis le "réveil" de Frédéric au laboratoire de Cryovie et les équipes médicales et scientifiques étaient parvenues à améliorer sa condition physique. Le protégé avait commencé à bouger ses membres et ses yeux et il était en mesure d'être nourri par la bouche. Ils étaient confiants de pouvoir l'amener à faire ses premiers pas dans les jours qui suivraient. Tout se déroulait comme prévu, selon leur perspective, mais Frédéric commençait à leur insu à sombrer dans une profonde dépression. Des larmes coulaient sans cesse de ses yeux mais on lui appliquait des gouttes, croyant qu'il avait les yeux secs. Puis, il refusa d'être nourri, mais on lui administra un soluté. Il ne dormait plus, on lui fit prendre des somnifères.

Lorsqu'on voulu l'entraîner pour qu'il réapprenne à marcher, il était si atone et nonchalant qu'on décida de lui administrer des antidépresseurs afin de ranimer ses ardeurs. Sans le savoir, les spécialistes venaient de résorber le problème. À partir de ce jour, Frédéric prit du mieux et sans être le plus enthousiaste des hommes, il arborait une mine presque normale. Les dirigeants de Cryovie s'empressèrent de convoquer les média pour une conférence de presse qui aurait lieu dans les prochains jours. Frédéric pouvait maintenant converser de façon tout à fait compréhensible bien que personne n'écoutat vraiment ce qu'il avait à dire. En effet, les histoires d'entre deux vies qu'il relatait parfois, entachaient sa crédibilité. Les scientifiques pragmatiques qui l'entouraient considéraient ces échappées, comme des délires causés par le choc du retour...

Ainsi la conférence de presse eut lieu vingt-quatre jours après le moment du réveil. On prépara Frédéric afin de mettre l'emphase sur son apparence et démontrer à la face du monde comme la technique de Cryovie était au point pour réanimer le corps sans altérer son intégrité. On fit appel à un tailleur pour lui confectionner un joli complet trois pièces, on le coiffa, le rasa et le parfuma. Il était fin prêt à être pavané comme un étalon dans un cirque. Le laboratoire prodige pouvait désormais vendre le rêve de l'immortalité à l'humanité.

Le chercheur en chef, le Dr. Clément Reber s'approcha du micro installé sur la plate-forme aménagée devant les installations de Cryovie, là où s'étaient attroupés depuis plusieurs semaines, les représentants les plus zélés des médias. Il balaya du regard son assistance et fut ravi de constater le niveau d'intérêt suscité par l'évènement. La place grouillait de journalistes mais également de gens de tous acabits qui formaient ensemble une foule dense dont l'attroupement s'étalait jusque dans les rues avoisinantes. Reber prit la parole lorsqu'il sentit le murmure sonore de l'assistance s'amoindrir.

Il commença son propos en remerciant les gens d'être venus en si grand nombre pour assister à cet événement historique. Puis, pendant plusieurs minutes il exposa les détails de la technique de cryogénisation ainsi que la complexité de la méthode révolutionnaire de réanimation du corps que leur laboratoire avait mis au point. Puis il expliqua longuement les difficultés rencontrées pour le perfectionnement de la méthode. Cette partie de l'exposé apparu quelques peu lourde et ardue pour la majorité des gens de l'assemblée, dont l'intérêt premier était la rencontre avec le revenant... Après plus de trente minutes d'un charabia plus ou moins bien assimilé, on arriva enfin au moment si attendu...

Teulon surgit de derrière les installations, marchant tranquillement, flanqué de deux techniciens. Il gravit avec leur aide les marches de la plate-forme. Il était affublé de lunettes noires qui lui allouaient une auréole de célébrité, mais qui servaient en fait à protéger ses yeux de la lumière du jour. Il portait le tailleur fait sur mesure qu'on lui avait confectionné et qui moulait son corps à la perfection, mais qui, du coup, laissait paraître la fragilité de sa charpente émaciée. Il prit place derrière le micro et salua l'assistance d'un mouvement de la main. À cet instant la foule se mit à crier et applaudir dans un délire de joie et d'admiration qui dura plusieurs minutes.

Frédéric se sentit ému et transporté par cet élan d'énergie qu'il reçu à travers tout son être jusqu'au plus profond de sa conscience. D'ailleurs depuis son "retour", l'intensité des sensations qu'il éprouvait se trouvait décuplée par rapport à ce qu'elles avaient été lorsqu'il était mortel. En effet, tout se déroulait comme si une partie de lui se trouvait encore dans l'énergie du monde éthéré de sorte qu'il avait souvent l'impression que son corps subtil se dédoublait, comme s'il n'arrivait pas à s'installer complètement dans sa carcasse charnelle. Ainsi lorsque la foule l'acclama il eut l'impression de recevoir l'équivalent d'une très forte bourrasque vibratoire qui fit frémir toutes les particules de son entité. Puisque les vibrations reçues étaient enthousiastes et positives, Frédéric se sentit vivifié et comme porté par une vague d'amour qui l'émotionna au point de le rendre aphone. Il lui fallut plusieurs minutes avant de retrouver une certaine contenance et d'être en mesure de parler. La foule calma ses ardeurs afin de lui laisser la parole.

« Bonjour à tous, je vous remercie de votre accueil » dit-il d'une voix tremblante.

Les acclamations reprirent de plus belle. Puis le Dr Reber rejoignit son protégé sur la plate-forme et invita les journalistes à faire la file afin de participer à la période de questions. La première question s'avéra un coup d'envoi qui précipita les suivantes : Êtes-vous heureux d'être revenu ? La réponse : un NON retentissant. Il y eu un silence de stupéfaction, puis un bredouillage d'interrogations et de commentaires dans l'auditoire. Quelques questions s'enchaî-nèrent, comment, où, quand, pourquoi, qui ? Auquel Frédéric répondit avec simplicité et honnêteté sous l'œil perplexe du Dr Reber qui décida soudain d'abréger la conférence de presse pré-textant que M. Teulon était fatigué et que ses propos pouvaient dépasser sa pensée. On le ramena à l'intérieur des installations avec empressement.

Toutefois la foule, insatisfaite de la situation, forma un mouvement de protestation. Les gens se mirent à scander le nom de Frédéric avec frénésie. Mais en vain. La conférence de presse était terminée et les dirigeants de Cryovie s'assurèrent de faire com-prendre aux personnes de l'assistance que leur présence n'était plus requise. Alors que les journalistes se pressaient de toutes parts afin de couvrir tous les détails du tumulte causé par ce revirement de situation, l'une d'entre eux, réussit habilement à se faufiler et glisser sa carte d'affaire entre les doigts de Frédéric. Elle lui chuchota à l'oreille:
« Appelez-moi ! J'aimerais vous entendre ! Appel…

Elle n'eut pas l'occasion de terminer sa phrase puisqu'elle fut brusquement soulevée par le déplacement de la foule. Toutefois, le but de sa démarche fut atteint puisque Frédéric réussit à introduire la carte d'affaire dans sa poche sans que quiconque ne s'en aperçoive alors qu'il était escorté dans la pièce qui lui servait de chambre dans les locaux du laboratoire. Pendant ce temps, à l'extérieur de l'établissement, il fut nécessaire de faire appel aux policiers pour maîtriser et disperser les participants. L'opération policière se termina près de trois heures après la fin de la présentation. Évidemment, toute cette histoire fut commentée, exposée et remâchée sous tous les angles aux informations du soir.

Ce soir là, le Dr. Reber fit une petite visite à Frédéric pour discuter des événements de la journée. Il le trouva posté debout près de la fenêtre, la tête appuyée contre le mur, l'air songeur.

« J'aimerais vous parler mon cher ami, fit le Docteur d'un ton sec.

Frédéric ne broncha pas. Il fixait un point vague dans les airs qui semblait ne correspondre à rien de précis et manipulait machinalement quelque chose dans la poche de son veston. Le Docteur s'approcha de lui et lui dit avec agacement :

« Je ne sais pas à quoi vous jouez Teulon, mais ma patience a ses limites. Nous vous avons ramené à la vie et c'est toute la gratitude que vous avez pour nous ? Non, mais est-ce que vous réalisez seulement l'impact de ce que vous avez dit aujourd'hui devant ces milliers de personnes, que dis-je, ces millions de personnes à travers la planète dont nous serons la risée!

Les yeux écarquillés et le bras dans les airs il poursuivit :

« La conférence de presse avait pour but de promouvoir les exploits de Cryovie et vous…

Il s'arrêta net et dévisagea Frédéric constatant avec consternation qu'il n'écoutait absolument pas ce qu'il racontait. Reber sentit une rage profonde s'emparer de lui et il ne put s'empêcher d'agripper fortement Frédéric par les épaules le secouant avec vigueur pour le faire émerger de sa torpeur. Il cria avec force :

« Je vous parle Teulon !

Frédéric ne réagit pas pendant les premiers instants, mais après un moment, il se mit lentement à envisager son interlocuteur, lui plantant un regard exacerbé dans les yeux tout en se libérant fermement de son étreinte.

« Je me fiche de ce que vous avez à dire Reber. Je vous avais prévenu, je vous avais expliqué mes états d'âme mais vous avez préféré les ignorer et faire à votre tête d'arriviste matérialiste!

- Comment osez-v…

- Je n'ai pas terminé ! Dit-il en haussant le ton. Vous allez trouver un moyen de me ramener d'où je viens vous me comprenez? Vous allez m'euthanasier de façon indolore et rapide, je ne resterai pas une journée de plus dans ce monde vil, obtus et inhumain.

- Vous, vous… vous euthanasier ? Mais vous êtres fou ! Vous rendez-vous compte Teulon? Tous les habitants de cette planète rêvent de se permettre de prolonger leur vie pour l'éternité, personne ne souhaite mourir à part les désœuvrés et les désespérés! C'est vous qui avez souhaité ce qui arrive, ne l'oubliez pas! Nous n'avons fait que respecter votre volonté, vous avez payé un très bon prix pour avoir le privilège de revenir à la vie et maintenant vous souhaitez mourir?

Il dévisageait Frédéric afin de percevoir la moindre trace d'entendement poindre de son visage. Mais celui-ci ne réagissait absolument pas. Reber prit quelques secondes pour reprendre son souffle et son clame et reprit :

« Écoutez, mon ami, vous devez être patient... En fait, laissez-moi vous expliquer; je crois que l'étape du réveil a dû modifier la façon dont vos neurotransmetteurs fonctionnent au niveau de votre cerveau, de sorte que cela vous a induit en état de dépression... Mais je vous assure que nous pouvons vous soigner et vous faire compr...

- Je fais une dépression parce que je suis malheureux de me trouver dans ce monde. Je vous ai expliqué que j'ai du quitté un monde fabuleux, mille fois plus fascinant que la terre.

- Mais, vous étiez mort Teulon ! Votre cerveau était mort Teulon ! Il est impossible que vous ayez vu ce monde auquel vous référez. Lors du réveil, votre cerveau embourbé a dut l'inventer de toutes pièces afin de se créer des repères... Mais vous, vous prenez ces fantaisies pour la réalité !

- NON ! Je suis certain de ce que j'avance. Je ne sais pas comment l'expliquer, mais je sais qu'une partie de nous continue de vivre après la mort de notre corps. Je ne sais pas comment appeler cela, un corps subtil, de l'énergie, peut-être l'âme... J'imagine que même vous Reber connaissez le concept de l'âme ? Je vous assure que je n'y croyais pas plus que vous autrefois, c'est d'ailleurs pour cette raison que la cryogénie était un concept qui m'interpellait à l'époque. Il est difficile d'expliquer ce genre de certitude, et je n'ai pas de mots pour vous décrire ce que j'ai vécu. Aucun mot terrestre n'existe pour définir la réalité des autres mondes !

Reber saisissait ce que son interlocuteur essayait de lui faire comprendre, mais il ne pouvait y souscrire. À ses yeux, toutes ces notions obscures paraissaient absolument inconcevables et irrecevables. Il y a avait forcément une explication logique et selon lui, il en avait déjà cerné les fondements. Et même si dans l'absolue fiction, ce que Teulon disait fût vrai, pourquoi serait-il si difficile de refaire sa vie sur terre? Était-ce réellement si abominable? Reber observait son miraculé avec perplexité, cherchant à saisir la meilleure façon de lui faire entendre raison. Mais alors qu'il l'observait réellement pour la première fois avec sagacité, il palpa sa détresse et ressentit pour lui une certaine empathie.

« Écoutez Teulon reprit-il doucement. Je vous propose un marché.

Frédéric le regardait d'un air interrogateur, mais ne répondait pas. Reber poursuivit sa lancée :

« Je vous propose de consulter un psychologue pendant une période de deux mois. Si après ce temps vous n'avez pas changé d'idée, j'acquiescerai à votre demande. C'est d'accord ?

Frédéric ne dit rien. Il fixait le sol d'un air attristé et cette posture poussa quelques larmes accumulées aux rebords de ses yeux à glisser vers les plis de son visage.

- Vous ne comprenez pas dit-il finalement avec émotion. Non seulement ce monde me paraît-il exécrable mais… je… je ne connais personne ici, tous ceux que j'aimais sont morts, je n'ai pas d'argent et celui que j'avais mis de côté pour mon retour ne doit plus rien valoir aujourd'hui. Je ne comprends rien du tout à tous vos gadgets électroniques et vos espèces de pagettes… je suis complètement dépassé. Comment voulez-vous que je gagne ma vie, je suis devenu complètement obsolète…et… je suis vieux!

- Écoutez. Si vous avez besoin d'argent nous pouvons organiser des levées de fond ou…

- Je ne veux pas d'argent, je veux retourner chez moi, vous comprenez ? Lança Frédéric exaspéré.

- J'aimerais que vous acceptiez mon marché. Si vous le faites, je vous promets de faire tout en mon pouvoir pour vous aider à vous rebâtir une nouvelle vie. Nous vous hébergerons au laboratoire tant que vous ne serez pas en mesure de voler de vos propres ailes. Vous devez savoir que notre technique de réanimation fait en sorte d'insuffler une nouvelle jeunesse aux cellules de l'organisme de sorte que votre corps est plus jeune aujourd'hui qu'au moment de votre mort. Vous avez le corps d'un homme d'environ cinquante ans! Tout est encore possible à cet âge, plusieurs personnes atteignent l'âge de cent vingt ans aujourd'hui. Donc, vous pourriez trouver un nouveau travail et de nouveaux amis…peut-être même une nouvelle femme et vous refaire une toute nouvelle vie !

- Je n'en ai aucune envie…

- Je vous assure qu'une bonne thérapie doublée d'une prise de médicament bien dosée pourrait vous faire changer d'idée. Alors qu'en dites-vous, est-ce que vous acceptez ma proposition Frédéric ?

- Laissez-moi quelques heures pour y penser. Je vous donnerai ma réponse demain.

- Demain ! fit-il en s'emportant.

Mais alors qu'il croisât le regard exacerbé de Frédéric, il se replia, réfléchit et recouvra son calme.

- Bon demain ça ira… Mais le plus tôt sera le mieux. Vous n'avez vraiment pas l'air dans votre assiette. Pendant ce temps je vais contacter le psychiatre qui vous suivra pour prendre rendez-vous… Au cas où vous accepteriez bien sûr ! S'empressa-t-il d'ajouter.

Lorsque Frédéric se retrouva seul dans sa chambre il s'allongea sur son lit et plaçant nonchalamment ses mains sous sa tête, s'égara dans ses pensées. Il demeura dans cette position sans bouger pendant de longues minutes, puis se mit sporadiquement à retourner sa tête lorgnant le téléphone qui se trouvait sur la table de chevet. Il s'interrogeait sur la pertinence de contacter la journaliste qui lui avait transmis sa carte. Quel serait l'intérêt de cette démarche ? Qu'est-ce qu'il pourrait en retirer, à quoi cela servirait-il ? Après tout, il n'avait qu'une seule envie : mourir… Néanmoins, en son for intérieur, il ne pouvait s'empêcher de se sentir investi d'une certaine responsabilité à l'égard de l'humanité. Il ne pouvait repartir sans la mettre en garde. Il devait l'instruire et l'éclairer sur le mirage qu'était la vie éternelle proposée par Cryovie.

« Nous sommes déjà éternels murmura-t-il en hochant légèrement sa tête.

Après quelques heures de tergiversation, il prit résolument le téléphone et tenta d'appeler la journaliste. Plusieurs tentatives furent nécessaires puisqu'il ne comprenait pas le modèle très sophistiqué de l'appareil qu'il avait entre les mains et il dut recourir à l'assistance de la téléphoniste. Finalement après près de vingt minutes il réussit à obtenir la ligne et rejoindre la reporter en chef du réseau de télévision « La tribune. Une voix vive et forte répondit après trois coups de sonnerie.

« Anne-St-Jean à l'appareil ?

- Euh… Mme St-Jean… Ici Frédéric Teulon, vous avez laissé votre carte dans mon manteau cet après-midi.

- Oh oui ! Oh ! Merci de me rappeler M. Teulon. J'espérais votre appel, mais pour être honnête je n'étais pas certaine que vous me rappelleriez !

- En fait… J'ai beaucoup hésité.

- M. Teulon, je voudrais vous offrir l'opportunité de raconter votre histoire sans aucune censure. M'accorderiez-vous une entrevue exclusive ? Nous procéderions selon vos conditions et disponibilités et vous seriez évidemment grassement rémunéré. Je suis consciente du fait que cette entrevue devrait se réaliser sous la plus haute confidentialité, étant donné l'attitude de Cryovie suite à vos commentaires durant la conférence de presse.

- Effectivement… vous avez tout compris.

- Alors vous êtes d'accord ? Quand voudriez-vous procéder ?

- Tout de suite.

- Euh… tout de… euh bon d'accord… laissez-moi une petite minute pour aller chercher mon pad électronique et je vous reviens.

- D'accord j'attends. »

Après quelques instants, la reporter reprit la ligne et procéda à l'entrevue. Il était près de 19:30 lorsque l'entretien débuta et il prit fin vers les trois heures du matin. Frédéric révéla absolument tout. Il raconta sa vie, sa mort, et en particulier sa vie après la mort. Il décrit du mieux qu'il le put, son expérience dans l'au-delà. Puis, il raconta comment il s'était senti arraché à ce monde merveilleux lorsqu'on l'avait ramené à la vie terrestre, et à quel point son retour lui paraissait dénaturé. Alors qu'au fil du temps il se révélait sans pudeur, une indéniable connivence semblait s'établir entre lui et sa nouvelle confidente. Ils discutèrent bien sûr longuement du sujet principal, mais s'égarèrent progressivement et couvrirent des thèmes aussi futiles que les aléas de la vie, jusqu'aux philosophies les plus abstraites, étalant sans retenue leur secrets personnels et leur états d'âme. Anne était une femme brillante et sensible et possédait une ouverture d'esprit hors du commun. Frédéric était ravi d'avoir trouvé une écoute aussi adéquate et sentit un certain apaisement du fait de s'être ainsi vidé le cœur. De son côté Anne était époustouflée et fascinée par ce que Frédéric lui faisait découvrir. Elle était pragmatique de nature, mais elle ne s'était jamais opposée à l'idée qu'il puisse exister une vie après la mort. Son instinct la poussait à ne pas douter de la sincérité de Frédéric puisqu'elle le considérait comme un homme sincère et très évolué.

Le lendemain, le Dr. Reber se rendit très tôt dans la chambre de son protégé afin de connaître sa décision face à sa proposition. Il frappa à la porte, mais il n'y eut pas de réponse. Il entra donc en utilisant son passe-partout. Il trouva Frédéric profondément endormi. Il se mit à le pousser doucement en chuchotant son nom:

« Teulon! Teulon ! Réveillez-vous. Teulon !

Il continua ce manège pendant quelques instants, jusqu'à ce que Frédéric émerge de son sommeil. Celui-ci sursauta en l'apercevant, et bredouilla quelques mots échappés sous l'impulsion du moment :

« Mais vous êtes fou sacrebleu !

- Mais… J'ai attendu toute la matinée ! Il est près de dix heures. Il me semble que je vous ai laissé assez de temps pour dormir… Vous aimeriez un petit-déjeuner avant de me donner votre réponse ?

- Ma réponse ?

- Mais oui votre réponse. Notre marché, vous savez ?

- Ah oui… fit Frédéric en roulant les yeux.

Il s'assit dans le lit et passa ses mains dans son visage ramassant ses cheveux vers l'arrière.

« Je veux bien prendre un petit-déjeuner dit-il pour gagner du temps.

Le Dr. Reber appela la réception et on fit monter la nourriture quelques minutes plus tard. Frédéric savourait son café et prenait son temps alors que le Dr. Reber le dévisageait avec impatience. Lorsqu'il eut terminé de manger, Frédéric dit lentement :

« Alors Reber, voici; il prit une grande respiration et dit avec résignation : je veux bien voir votre psy et prendre vos pilules mais à une condition:

- Laquelle ? Fit Reber aussi ravi que soucieux.

- Je veux pouvoir inviter des gens ici pour me rendre visite.

- Des gens ? Mais qui ça ? Il n'en est pas question ! Tant que vous n'aurez pas terminé votre thérapie en tout cas !

- C'est ma condition.

- Mais qui, mais qui voulez-vous voir ? Vous ne connaissez personne !

- Je veux voir Anne St-Jean.

- La journaliste ? Vous n'y pensez pas ? Il n'est pas question que vous parliez une autre fois aux journalistes. En tout cas, pas tant que vous n'aurez pas rempli les termes de notre marché. Souvenez-vous Teulon. Deux mois… Vous m'avez donné deux mois pour vous faire changer d'idée. Ce que vous aurez à dire aux journalistes après cette période sera bien différent de ce que vous diriez aujourd'hui…

- C'est ma condition Reber. Puis, réfléchissant il ajouta : si vous voulez, nous pourrons faire signer un avis de non publication à la journaliste qui n'aura pas l'autorisation de publier ni de diffuser quoi que ce soit avant la fin des deux mois.

- Mais comment connaissez-vous cette femme ? fit Reber alors qu'il réalisait soudainement que quelque chose avait dû lui échapper.

- Je l'ai vue à la conférence de presse je crois. »

Reber se mit à cogiter mais n'arrivait pas à se souvenir avoir aperçu Mme St-Jean lors de la période de question de la conférence de presse. Quoi qu'il en fût, tout ceci n'avait aucune importance, puisqu'il avait l'intention de faire appel à un avocat pour rédiger le contrat de cette entente et allait s'assurer de prendre toutes les précautions nécessaires pour que son miraculé ne bafoue plus jamais l'image de Cryovie. Reber était si confiant que les choses se dérouleraient selon son plan, qu'il donna donc son accord à Frédéric pour rencontrer Anne St-Jean, lui expliquant bien qu'il devrait auparavant signer les clauses du contrat. Frédéric accepta.

Ainsi, dans les jours qui suivirent, une entente légale fut préparée et signée par toutes les parties impliquées. Cette entente incluait une close qui stipulait qu'aucun journaliste ne pourrait rendre public le témoignage de Frédéric si celui-ci décidait de vivre. Si au contraire il décidait d'être euthanasié après la période de deux mois, le témoignage pourrait être rendu public, mais les bénéfices générés seraient légués dans leur totalité à Cryovie. Ainsi la compagnie pourrait tirer profit de la situation sur tous les plans.

Au cours des semaines qui suivirent, l'entrain et l'humeur de Frédéric s'améliorèrent de façon notable. Bien sûr la thérapie et les médicaments y étaient pour quelque chose, mais la véritable source de ses progrès résidait dans les sentiments qui l'animaient. En effet, Anne le visitait presque tous les jours pour monter son dossier, et leur relation prenait une tangente de plus en plus amicale et des liens profonds commençaient à se tisser entre eux; surtout dans l'optique de Frédéric. Toutefois, Anne vivait les choses sous un tout autre angle. Elle trouvait son nouvel ami fascinant, soit, mais principalement en raison des récits qu'il faisait de l'au-delà. Elle commençait d'ailleurs à entretenir une véritable obsession face à ce monde que Frédéric décrivait comme un endroit idyllique et incomparable.

Lorsque les deux mois de l'entente furent accomplis, Frédéric prit la décision de ne pas mettre fin à ses jours puisqu'il était désormais follement amoureux. Reber et les avocats devaient le rencontrer dans l'après-midi du jour fatidique et signer d'autres papiers officialisant sa décision. Alors qu'il signait les papiers, un des avocats lui demanda ce qui lui avait fait changer d'avis. Et candidement il répondit :

« Eh bien je veux vivre parce que je suis heureux ! Je suis amoureux !

Reber reprit le crayon d'entre les doigts de Frédéric lorsqu'il eut signé et ajouta :

« Oh ! Teulon, j'avais oublié de vous dire… Anne St-Jean est décédée avant-hier. Elle s'est suicidée. Apparemment, elle a laissé une lettre mentionnant qu'elle voulait rejoindre l'autre monde. Toutes mes sympathies mon vieux…

LA VENGEANCE

L'école des Hiboux se perchait sur un monticule qui couronnait la partie nordique du village de Bignon. Un étroit chemin bucolique aboutissait aux portes de cet humble établissement scolaire qui se dressait honorablement au-dessus des pâturages environnants. Le Maire de Bignon avait fait installer pour les écoliers de jolies balançoires et aires de jeux qui bordaient les arbres et les ruisselets qui avoisinaient l'école. Les villageois étaient très fiers de cet établissement puisque sa réputation dépassait, à leur dire, les frontières du pays et même celle du continent.

L'endroit était renommé comme étant le lieu le plus sain, le plus paisible, et le plus adéquat pour parfaire l'éducation des élèves spéciaux. Ces élèves possédant un niveau d'apprentissage et d'aptitudes mentales quelque peu différent des autres. Ceux qui nécessitent une plus grande stimulation et de plus grands défis pour favoriser leur épanouissement et leur développement. Ces enfants spéciaux que l'on nomme les surdoués.

La petite école avait ouvert ses portes depuis plus de sept ans, et avait vu graduer plus de quarante élèves depuis sa création. La plupart de ses diplômés avaient quitté l'établissement pour passer directement au niveau universitaire dès l'âge de quinze ou seize ans. L'un deux, même, n'avait atteint que le tendre âge de treize ans lors de son admission au département de physique de l'Université locale. Les cours étaient prodigués par des professeurs hautement qualifiés dans leur matière respective et ne pouvaient accueillir au maximum que six élèves par classe. La plupart des jeunes fréquentant l'école possédaient des capacités intellectuelles hors du commun, mais pouvaient parfois présenter quelques lacunes au niveau de leurs aptitudes sociales.

C'était le cas d'Ines Levine qui était une nouvelle recrue à l'école des Hiboux depuis le début de l'hiver. C'était une jeune fille de treize ans très brillante et talentueuse, mais qui éprouvait de sérieuses difficultés relationnelles et souffrait de surcroît de problèmes physiques débilitants. Elle louchait et boitait, elle souffrait de strabisme et avait le dos déformé par une forte scoliose. Ses dents étaient croches et espacées et ses cheveux trop fins s'étalaient à leur guise sur un front constellé de boutons. L'école régulière qu'elle fréquentait avait réussit à persuader ses parents de l'envoyer à Bignon croyant que cet encadrement plus stimulant pourrait l'encourager à émerger de son cocon et favoriserait du même coup son épanouissement personnel et scolaire.

Elle fit donc son entrée à l'école au début du mois de janvier après avoir passé les vacances de Noël en famille. Ses parents avaient préalablement pris des arrangements afin qu'elle puisse être hébergée chez des gens du village, ce qui était pratique courante pour les élèves provenant des régions éloignées et urbaines. Ils la menèrent en voiture, ce qui nécessita près de trois heures de route. Elle fut hébergée chez Irène Forêt, une veuve dont les enfants avaient depuis longtemps quitté la maison familiale.

Le premier jour d'école s'avéra assez pénible pour Ines qui détestait toutes formes de rapports sociaux. Elle dut en effet subir la torture d'être placée au devant de la classe pendant que le professeur titulaire la présentait à ses nouveaux camarades. Elle se mit à rougir et transpirer abondamment lorsqu'elle perçut quelques rires et grimaces se former sur les visages de cet auditoire importun. Elle remarqua particulièrement une fille aux longs cheveux tressés qui arborait un sourire hautain et narquois et semblait se délecter de son supplice. Lorsque le professeur amena finalement Ines à sa place, ce qui lui parut être une éternité, la fille aux tresses la suivit des yeux jusqu'à ce qu'elle soit complètement installée, puis laissa échapper un rire moqueur.

Ines se renfrogna dans sa chaise et sentait son visage bouillir. Son cœur débattait dans sa poitrine et ses yeux ne pouvaient quitter le dessus de son pupitre. Elle resta ainsi placée pendant plus d'une demi-heure. Puis soudain, elle fut extirpée de sa torpeur au moment où elle reçut en plein visage un morceau de papier pelotonné en boule qui semblait avoir été projeté d'un bureau avoisinant. Elle regarda furtivement autour d'elle, puis déplia le papier et vit qu'il y avait une note au centre de la feuille. Quelques phrases d'une écriture criarde et négligée y avaient été jetées. Elles disaient:

« J'espère que tu ne t'es pas regardée dans le miroir ce matin parce que si c'est le cas, en plus d'être laide, tu es folle de te montrer en public comme ça !

Ines referma le papier et s'aperçut en relevant les yeux que la fille aux tresses la dévisageait et affichait une moue méprisante. Elle dut toutefois se retourner lorsque le professeur l'interpella.

- Mon cours ne vous intéresse pas mademoiselle Axelle ?

La fille aux tresses arbora un sourire mielleux à l'attention du professeur.

- Je suis simplement captivée par la présence de notre nouvelle compagne.

- Eh bien vous ferez meilleure connaissance lors de la récréation. Pour l'instant, concentrez-vous sur ces équations différentielles. Vous en aurez besoin pour le prochain contrôle.

Elle conserva un sourire affecté pendant plusieurs secondes, puis sembla reporter sa concentration sur le cours. Ines ferma les yeux et écouta les battements de son cœur revenir très progressivement à un rythme normal. Mais soudain il se remit à battre à tout rompre lorsqu'elle réalisa que le cours était terminé et que les étudiants devaient passer les prochaines quinze minutes à l'extérieur. Dans le jardin… Tous ensembles…

Elle laissa sortir tous les élèves avant de s'engager nonchalamment vers la sortie. Il faisait un temps superbe à l'extérieur et quelques élèves s'étaient amalgamés autour du petit étang qui était aménagé au fond de la cour à l'orée de la forêt qui bordait l'école. Certains jouaient aux échecs et d'autres semblaient simplement se réchauffer sous les chauds rayons du soleil, appuyés contre un quelconque élément du décor. C'était le cas d'Axelle, la fille aux tresses. Dès qu'Ines l'aperçut, elle tenta de se diriger en direction opposée. La dernière chose qu'elle souhaitait était de confronter cette fille ignoble qui semblait déterminée à lui faire subir un quelconque calvaire. Elle n'avait pas eu le temps de l'examiner à fond depuis son arrivée, toutefois elle avait pu vaguement remarquer qu'elle possédait un physique diamétralement opposé au sien. Elle était grande et bien proportionnée, elle avait un teint de pêche, des cheveux fournis et brillants et d'énormes yeux verts. Ines semblait comprendre que du haut de sa perfection, cette fille paraissait mépriser la laideur.

Alors qu'Ines se dirigeait vers la forêt d'un pas empressé, elle sentit qu'elle était suivie. Elle entendait la fille aux tresses trotter derrière. Elle la suivit ainsi pendant quelques minutes, puis elle beugla:
- Cette zone est interdite Niaise !

Ines s'arrêta net. Elle resta sur place le nez rivé vers le sol et murmura.

- C'est Ines… mon nom est Ines! dit-elle mue par une colère contenue.

- C'est bien ce que j'ai dit Niaise… Cette zone est interdite. Seuls les animaux s'y aventurent. Mais je suppose que tu pourrais te ranger dans cette catégorie.

Elle rit à gorge déployée et retourna en direction de l'école. Ines resta sur place pendant un instant et prit une grande respiration avant de lever ses yeux. Elle remarqua qu'un jeune garçon l'observait à quelques pieds d'où elle se trouvait. Il lui dit d'un ton compatissant:
« Ne t'en fais pas trop. Plus elle verra que tu l'ignores, plus elle te lâchera. »

Elle regarda le garçon sans dire un mot et reprit le chemin pour retourner en classe. Le reste de la journée se passa relativement bien. Toutefois, pendant le cours de latin, le professeur lui demanda de traduire un paragraphe, ce qu'elle fit avec beaucoup d'embarras mais avec brio, ce qui sembla indisposer Axelle Latour. Celle-ci l'attendit à la sortie de l'école et lui lança ironiquement:
- Tu peux bien aimer les langues mortes, ça s'agence bien avec tes cheveux, ta peau et ton expression… elle pouffa de rire…

Ines ne la regarda pas et reprit le chemin du retour avec le cœur serré. Lorsqu'elle arriva chez les Forêt, la grand-mère se trouvait à la maison. Ines lui adressa un "bonjour" étouffé et se dirigea vers les escaliers pour monter à sa chambre lorsque la vieille dame lui demanda du fond de la cuisine, pourquoi elle était si triste. Ines ne comprenait pas comment Mme Forêt avait pu voir son visage lors de son arrivée alors que celle-ci se trouvait de l'autre côté du mur dans une autre pièce. Elle redescendit les escaliers dans lesquels elle avait commencé à s'engager et entra lentement dans la cuisine. Irène Forêt secoua la tête de côté et dit doucement:

- Ma chérie, dit-elle avec compassion, tu ne dois pas laisser les gens te manquer de respect.

Ines écarquilla les yeux, incrédule. Comment cette vieille femme pouvait-elle cerner ce qui se trouvait dans sa tête et son cœur aussi facilement. Elle dévisagea la grand-mère et bredouilla :

- Mais… mais… comment savez-vous ?

- Ça n'a aucune importance comment je sais. Ce qui est important est que tu sois bien. Je n'aime pas te voir dans cet état. Tu dois être fière de ce que tu es et ne pas laisser les autres te marcher sur les pieds. Tu es quelqu'un d'exceptionnel, il existe des vertus qui ne sont pas visibles pour les yeux mais qui sont souvent plus éclatantes. Tu me comprends bien?

Ines était époustouflée. Non seulement la vieille dame avait su la lire comme un livre ouvert, mais avait également su trouver les paroles qu'il fallait pour la réconforter et lui redonner un peu de confiance. Jamais personne n'avait pu la deviner et la toucher à ce point dans toute sa courte vie. Elle se sentit aussitôt en confiance avec la veille dame et se sentit si émue qu'elle laissa couler une larme sur sa joue. La grand-mère Forêt passa sa main sur cette joue et essuya du même coup la larme qui s'y étalait. Puis elle lui chuchota dans l'oreille :

- Si tu as besoin d'un petit coup de pouce pour régler ton problème, tu peux venir me voir. Je serai là pour t'aider… compris?

- Compris fit Ines le visage illuminé d'un léger sourire.

La jeune fille monta vers la chambre qui avait été aménagée pour elle et qui avait appartenu, à l'époque, à Sophie, la fille de Madame Forêt. Elle s'installa sur le lit et repensa à sa première journée d'école. Elle se jura que la deuxième serait bien différente.

Le lendemain matin, Ines retourna à l'école des Hiboux avec un cœur un peu plus confiant que la veille. Elle décida qu'elle remettrait la grande Axelle à sa place si jamais elle décidait de l'importuner et s'exerçait à trouver des répliques assassines en cas d'attaques potentielles. Elle avait presqu'envie d'être confrontée afin de ressentir toute la satisfaction qu'elle pourrait éprouver du fait de faire avaler sa propre soupe à cette vipère.

Elle prit place au même bureau qu'on lui avait attribué la veille et réalisa qu'Axelle n'était pas encore arrivée. Elle s'installa donc dans sa chaise et se mit à observer les lieux ainsi que les autres élèves, ce qu'elle n'avait pas eu l'occasion de faire la journée précédente étant donné l'état de crispation dans lequel elle se trouvait. Elle trouva l'endroit relativement accueillant et chaleureux et remarqua que quelques camarades lui adressaient même un sourire sympathique alors qu'ils prenaient place à leur bureau. Elle sentit sa confiance se consolider et sentit qu'une force commençait à l'habiter.

Puis, soudain, elle l'aperçut. Elle vit Axelle se pointer dans la porte de la classe. Elle n'avait pas tressé ses cheveux ce matin de sorte qu'ils ondulaient comme une vague sublime sur son dos et brillaient d'éclat et de santé. Ines fut frappée par sa beauté alors qu'elle l'envisageait vraiment pour la première fois. Ses traits étaient impeccables et délicats, elle avait un nez fin et raffiné et ses yeux immenses laissaient deviner une grande vivacité d'esprit. Elle avait du chien, du cran, de l'assurance, des vertus qu'Ines n'avait jamais possédées. Elle sentit sa gorge se resserrer ce qui asphyxia la confiance qui venait de naître en elle. Son cœur se mit à se débattre à nouveau dans sa poitrine, et elle se renfrogna alors que marchant vers elle, Axelle lui lança :

« Mais comment fais-tu pour être aussi laide ?

Elle s'assit nonchalamment sur le bureau d'Ines. Elle se mit à soulever du bout des doigts les cheveux éparpillés d'Ines et grimaçant de dégoût couina :

- Quelle horreur, ils sont pleins de jus ces boutons horribles. Tu es certaine que ce n'est pas contagieux ta maladie de peau ? C'est vraiment dégueulasse, fit-elle d'une moue dédaigneuse.

Puis elle asséna un coup sec sur l'épaule de sa cible avant de retourner à sa place et de grommeler :

- Tu me donnes envie de vomir…

Ines était gelée, incapable de dire ou de faire quoi que ce soit. Chaque parole avait pénétré en elle comme un poignard effilé qui avait percé tout son être jusqu'aux entrailles de sa dignité. Mais ce qui était pire encore, c'est le sentiment de honte qui s'emparait d'elle. Comment avait-elle pu se dégonfler à ce point alors qu'elle était si déterminée quelques instants plus tôt. Ines passa le reste de la journée complètement défaite et découragée, se sentant encore plus accablée que la veille.

Lorsqu'elle retourna chez les Forêt ce soir-là, elle se rendit directement dans la cuisine où elle trouva la grand-mère qui s'afférait à préparer ce qui ressemblait à une soupe. Ines se plaça aux côtés de sa nouvelle confidente et lui raconta sa journée en essayant de ravaler les énormes sanglots qui submergeaient ses propos. Irène Forêt écouta Ines patiemment et enserra ses épaules entre ses mains. Ma chérie, il va falloir te fournir un petit coup de pouce. J'ai préparé cette soupe spécialement pour toi. Elle contient des ingrédients essentiels pour la confiance en soi et elle possède la capacité de créer une sorte de bouclier entre toi et l'agresseur. C'est une très vieille recette qui a déjà été utilisée par d'anciennes tribus guerrières afin de neutraliser les adversaires.

- Ah bon ? Mais comment avez-vous appris à faire ça ?

- Ce n'est pas important comment j'ai appris à faire ça. L'important est que l'on tente de régler ton problème ? Non ?

- Oui, bien sûr fit Ines quelque peu déroutée.

- Alors tu vas me boire deux bons bols de cette soupe. Je vais en garder au cas où il t'en faudrait plus éventuellement. Mais, deux bols, ça devrait suffire. Tu verras, tu deviendras imperméable, je dirais même que les choses rebondiront sur toi et se retourneront contre la personne qui te voudra du mal.

- À cause de cette soupe ? fit Ines incrédule. Mais qu'est-ce qu'il y a là-dedans ?

- Ce n'est pas important ce qu'il y a là-dedans. Tu vas me boire ces bols de soupe et tu m'en reparleras demain. Tu veux bien ?

- Bon d'accord... mais je doute que...

La grand-mère Forêt plaça une première cuillerée de soupe dans la bouche d'Ines et lui fit signe de continuer. Cette soupe avait un goût douteux au début mais étrangement, devenait délicieuse à mesure qu'on la consommait. Ines avala son deuxième bol avec délectation et en aurait ingurgité un troisième avec plaisir. Mais la grand-mère lui interdit d'en consommer plus. Nous attendrons d'avoir des résultats dit-elle. Il ne faut pas abuser de cette pot... de ce potage...

Au cours de la nuit qui suivit, Ines se réveilla en pleine nuit avec une fringale irrésistible. Elle avait une envie folle d'avaler de cette soupe à nouveau. Elle descendit sans ouvrir les lumières afin de ne pas réveiller la grand-mère qui semblait dormir paisiblement, et avala goulument un gros bol du potage. Elle savait bien qu'elle ne devait pas en prendre trop, mais la tentation était trop forte, et de toute façon, se disait-elle, si cette soupe possédait vraiment les vertus qu'on lui attribuait, mieux valait en prendre plus que pas assez, dans les circonstances...

Le lendemain matin, Ines se trouva dans une forme splendide. Elle ressentait encore plus d'aplomb que la veille alors qu'elle avait été envahie pendant de bref instants, de cette agréable sensation qu'apporte la confiance en soi. Elle doutait quelque peu que cet état d'âme soit attribuable au fameux potage de Mme Forêt, toutefois elle savourait chaque instant et jurait en elle-même que cette fois-ci les choses se dérouleraient autrement. Elle allait montrer à cette Axelle de quel bois elle se chauffait. Cette fois elle allait l'attendre à l'extérieur, au devant de la porte de l'école. Il n'était pas question d'être à la merci des évènements, il fallait provoquer les incidents afin de mieux les contrôler. Elle attendit quelques minutes à l'entrée de l'école et jeta même quelques bonjours ici et là aux camarades de classe alors que ceux-ci franchissaient le seuil de la porte. Puis, elle se rendit compte que la vipère n'arrivait pas et décida de vérifier si, par hasard, ou par simple esprit de contradiction, elle ne s'était pas déjà installée dans la classe.

Comme elle l'avait cru, la vipère était bel et bien assise à son bureau et discutait avec son voisin d'un air désinvolte. Ines entra dans la classe et se rendit directement au bureau d'Axelle afin de la confronter, mais cette dernière ne perdit pas une minute et l'agressa violemment d'un commentaire assassin :

« Attention Paul voilà la pestiférée, il vaut mieux nous mettre à l'abri ! »

Ines reconnut le garçon qui avait été aimable avec elle la première journée d'école alors qu'elle se dirigeait vers la forêt. Il retourna à son bureau sans donner suite au commentaire d'Axelle et laissa les deux filles une face à l'autre dans un malaise qu'Ines s'empressa de briser.

« Écoutes-moi bien toi ! Espèce de folle à lier… À chaque fois que tu me feras un commentaire débile et cruel c'est toi qui paieras pour. Tu m'entends ? Ta haine et ta méchanceté ne m'affectent pas. Je me contrefiche de ce que tu penses de moi. Et je t'avertis ! À partir de maintenant, tout ce que tu dirigeras vers moi de négatif se retournera contre toi. Je suis peut-être laide à l'extérieur, mais toi ta laideur pourrit tout ton intérieur, ton âme et ton cœur. Tu es hideuse, affreuse et pitoyable ! »

Ines avait catapulté ces dernières paroles avec une intensité dont elle ne se croyait pas capable. Tous les élèves la regardaient, y compris le professeur qui venait de faire son entrée dans la classe.

- Mais qu'est-ce qui se passe ici ? J'entendais crier depuis le corridor ? Vous avez quelque chose à dire mademoiselle Ines ?

- J'ai dit tout ce que j'avais à dire. Et j'ose espérer que Madame a compris mon message !

Elle retourna à sa place et ne croyait tout simplement pas ce qu'elle venait de dire et faire. Elle n'avait jamais de toute sa vie fait preuve d'autant d'audace et de sang-froid. Elle repassait dans sa tête la scène et repensait aux paroles qu'elle avait prononcées et avait l'impression qu'elles étaient sorties de la bouche de quelqu'un d'autre. Comme si elle avait été projetée dans un état second et que ceci avait engendré de façon spontanée ces répliques inspirées. Elle fut toutefois extirpée de sa rêverie lorsque le professeur annonça qu'il souhaitait la voir en privé en compagnie d'Axelle après la classe. Mais elle s'en moquait, elle flottait sur un nuage duquel personne ne pouvait la faire basculer.

Axelle pendant ce temps se remettait à peine du choc qu'elle venait de subir. Mais qui était cette fille qui venait de l'insulter et de la menacer ? Ce n'était certainement pas le méprisable ver de terre qu'elle avait prit plaisir à écraser les jours précédents. Le ver de terre aurait-il acquis une colonne vertébrale ? Soit, peut-être, mais ça ne le rendait pas plus sympathique. Axelle sentit une haine incontrôlable s'emparer d'elle, non seulement cette fille l'avait humiliée devant toute la classe, mais en plus elle l'avait menacée. Je me vengerai, je me vengerai jura-t-elle avec passion.

Au cours de la journée Axelle n'eut pas l'occasion de confronter Ines à nouveau, mais quelque chose d'inattendu dévia son attention de ses appétits vengeurs. Elle remarqua au moment d'un passage devant le miroir des toilettes, que son teint s'était altéré jusqu'à devenir vaguement grisâtre et que de vilains boutons traçaient un chemin sinueux en travers de son visage. Ces bourgeons naissants bien que minuscules, arboraient une couleur violacée extrêmement voyante. Elle grimaça d'horreur en constatant l'étendue du massacre dont son gracieux visage était la cible, mais surtout elle se perdait en conjectures en tentant de comprendre ce qui lui arrivait.

Elle paniquait à l'idée de se promener devant les autres étudiants avec ce champ de fraises dans la figure et ne cessait de se répéter pourquoi ? Mais pourquoi ? Qu'est-ce qui se passe ? Elle n'avait jamais eu de boutons de toute sa vie à part la fois où elle avait eu la varicelle plusieurs années auparavant. Elle ne faisait aucun lien avec ce qu'Ines lui avait dit plus tôt, puisque de toute façon, elle ne donnait aucune importance à ce qui sortait de la bouche de cette fille.

Entre temps Ines se réjouissait de sa nouvelle assurance et passait une journée merveilleuse. Elle joua aux échecs avec Paul dans la cour pendant l'heure du diner et gagna haut la main. Elle savourait sa nouvelle assurance et appréciait la satisfaction qu'elle lui procurait. Elle se sentait comme un papillon qui déploie tout grand ses ailes et ressentait son nouvel égo se gonfler d'orgueil. Elle renaissait, elle était métamorphosée. D'ailleurs, même son apparence physique semblait s'améliorer. Elle cru remarquer, sans s'être vue dans une glace, que ses cheveux venaient doucement caresser les côtés de son visage comme s'ils avaient acquis plus de corps et de volume. De plus, elle ne sentait plus sa peau brûler comme à l'habitude.

La journée sembla se dérouler à toute vitesse pour Ines qui savourait chaque minute de ce nouvel état de grâce. Les choses se passaient moins bien pour Axelle qui se présenta dans un piteux état à la fin de la journée pour la rencontre prévue avec le professeur. Elle entra avec hésitation dans la salle de classe et tentait en vain de cacher les affreux boutons qui tapissaient son visage. Ses cheveux étaient ébouriffés et rêches et semblaient indomptables, ce qui pour l'instant lui convenait tout à fait puisque cet échafaudage lui servait de paravent.

Ines remarqua alors pour la première fois depuis le matin l'étrange allure de son adversaire. Elle avait l'impression d'observer un papillon qui entrait dans une phase de régression afin de retourner à l'état de larve. Elle étouffa un rire nerveux et porta son attention sur le professeur qui apparemment était tout aussi estomaquée qu'elle.
- Vous allez bien mademoiselle ? demanda le professeur à Axelle.

- Très bien, très bien… euh… je suis un peu fatiguée.

- Bon alors prenez place à côté de votre camarade. Je tenais à ce que vous changiez d'attitude une envers l'autre, je ne tolérerai pas de commentaires désobligeants et agressifs entre les étudiants de cette école. Vous êtes censées être dotées d'intelligence et de bon sens, alors je m'attends à ce que vous en fassiez preuve. On se comprend bien ?

Les deux filles acquiescèrent en chœur. « Oui Monsieur ». Puis Ines ajouta :
- Je ne faisais que me défendre des attaques répétées dont j'ai été victime. Mais je pense qu'elle a compris que je n'appréciais pas ses commentaires. N'est-ce pas ?

Elle se tourna en direction d'Axelle pour l'envisager, mais fut prise à nouveau de secousses de fous rires qu'elle ravala du mieux qu'elle put.

- Mademoiselle Ines, il n'est pas nécessaire de trouver de coupable. Je veux que vous fassiez la paix, un point c'est tout. Donnez-vous la main et qu'on en parle plus. Trancha le professeur.

Axelle tira sa main sans regarder Ines et celle-ci prit sa main nonchalamment en regardant par terre.
J'ose espérer que le problème est réglé. Voilà, vous pouvez quitter conclut-il.

Ines, satisfaite, retourna gaiement à la maison impatiente de raconter sa journée à la grand-mère Forêt. Lorsqu'elle passa la porte de la maison elle vit son reflet dans le miroir du portique et ce qu'elle y aperçut était tout à fait étonnant. Elle était resplendissante, méconnaissable. Ses cheveux brillaient et ondulaient à la façon dont elle les avaient vus sur les épaules d'Axelle, son teint était clair et rosâtre et les boutons qui s'y trouvaient habituellement avaient laissé place à d'imperceptibles petites marques qui semblaient en voie de guérison. De plus, toutes ses articulations semblaient s'être décontractées, et paraissaient beaucoup plus flexibles, de sorte qu'Ines ne boitait presque plus. Pour la première fois de sa vie, elle se trouvait jolie, ou du moins agréable à regarder.

Alors qu'elle s'admirait dans la glace elle sursauta lorsqu'elle réalisa que la grand-mère Forêt était en train de l'observer. Elle se retourna rapidement vers elle :
- Vous avez vu ? Vous avez vu ? Se retournant à nouveau vers le miroir elle caressait les contours de son visage. C'est incroyable ! Et si vous voyiez Axelle ! Elle se mit à rire…

- Combien de bols de soupe est-ce que tu as mangé Ines ? dit la grand-mère d'un ton légèrement accusateur.

- Oh… bof… j'avais une petite fringale, j'en ai juste pris quelques cuillerées de plus que ce que vous m'aviez dit. Mais qu'est-ce que ça change de toute façon, l'important c'est que ça semble fonctionner non ?

- Il ne faut pas en abuser. Je te l'ai dit. Cette soupe donne de bons résultats si on n'abuse pas. Sinon les effets sont dénaturés et exagérés. Au lieu d'agir pour le meilleur, il risque d'y avoir de l'excès et de la négativité.

Ines écoutait à peine. Moi, je ne vois que du bon dans tout ça. Et se retournant vers Irène à nouveau, elle lui confia d'une voix teintée d'émotion :
- Je vous remercie Madame Forêt pour ce que vous avez fait pour moi. Je ne pourrai jamais assez vous remercier. Je suis si heureuse !

La grand-mère secoua la tête et fit une moue résignée en retournant dans la cuisine. Puis, se souvenant qu'il restait un peu de soupe dans le réfrigérateur, elle alla chercher la balance de la potée et la jeta aux ordures. Au cours des mois qui suivirent, le climat changea du tout au tout entre Ines et Axelle. Plus le temps passait, plus Axelle détestait Ines, et plus elle la détestait, plus cette négativité se retournait contre elle, de sorte qu'à la mi-année, tout ce qu'elle avait méprisé chez Ines se retrouvait en elle, mais d'une manière démesurée. Elle était devenue un monstre de laideur et de difformité. Elle était totalement dépressive et inhibée et n'osait plus se présenter à l'école, qu'elle allait d'ailleurs éventuellement devoir quitter étant donné ses piteux résultats scolaires.

De son côté Ines s'était épanouie au-delà de ses espérances, elle était devenue rayonnante de santé et de beauté et se rangeait en première place de sa classe. Toutefois un léger narcissisme semblait vouloir contaminer son caractère de sorte qu'elle avait tendance à devenir de plus en plus arrogante et désagréable. Lorsqu'Axelle quitta l'école autour du mois de mars, une nouvelle élève fut admise à l'école des Hiboux. La grand-mère Forêt offrit le gîte à la nouvelle élève jusqu'à la fin de l'année scolaire. Cette jeune fille était aveugle.

À la fin de l'année scolaire, Ines devint aveugle.

LE CHAT

Camille Leblanc affichait un air dépité alors qu'elle déambulait sous l'ombre lourde et froide des édifices entassés du centre-ville. Son esprit confus cherchait en vain à trouver un certain réconfort auprès des bruits familiers et rassurants qu'elle associait habituellement à la cohue urbaine. Mais en cette journée exécrable, l'agitation l'entourant ne faisait que renforcer l'état d'angoisse et de détresse dans lequel elle se trouvait depuis la fin de la matinée. Elle avait du mal à respirer, sa poitrine étant douloureusement comprimée, ses yeux agars étaient exorbités, sa nuque était raide et le tumulte environnant lui causait un détestable bourdonnement au niveau des oreilles et du crâne.

Et ce crâne, devenu embourbé, tentait de repasser sans cesse et de décortiquer sans relâche le contenu des dernières heures qu'elle venait de vivre. Des instants pénibles et surréalistes où il lui avait semblé que le temps s'était arrêté pour mieux figer le moment accablant qui l'avait stupéfiée. Le moment où Jacques Préval l'avait congédiée. Elle !... L'employée modèle!... L'employée dévouée qui loin de mériter un congédiement, aurait mérité une promotion. Elle le revoyait en train de balbutier au milieu de la salle de conférence, des mots qu'il laissait tomber de sa bouche comme une tonne de briques. Restructuration, stratégie, bonus de départ, vraiment désolé…

Elle avait donné près de dix ans de sa vie à cette entreprise de placements et avait reçu de multiples éloges au fil de sa carrière, mais se voyait aujourd'hui remerciée suite à une restructuration motivée par les pertes de revenus que la récession avait causées. Et en fait, le véritable enjeu de cette affaire, la raison sous-jacente à son renvoi était le fait que Camille leur coûtait trop cher. Elle était efficace, certes, mais devenait de moins en moins rentable. Et le fait qu'elle ait perdu son fiancé dans des circonstances tragiques quelques mois auparavant ne semblait nullement avoir amené les patrons à réviser leur cruelle décision.

Qu'ils aillent tous au diable!! Avait-elle crié à qui voulait l'entendre alors qu'elle ramassait ses effets personnels sous l'œil attentif de son directeur immédiat. Il voulait s'assurer qu'elle ne chaparde pas le matériel de bureau ou qu'elle ne le détruise dans un élan de rage. Lorsqu'elle eut terminé de ramasser ses choses et de les ranger dans une boîte, elle quitta l'endroit maudit sur le champ, laissant la boîte dans son bureau. Vous me l'enverrez par la poste, vous me devez bien ça!! Bande de minables ingrats!! Cria-t-elle sans se retourner.

Après la mort de Simon, elle avait accumulé un nombre d'heures de travail colossal. Le boulot était le seul exutoire qu'elle avait trouvé pour fuir les émotions pénibles qui l'envahissaient alors jour et nuit. Lorsqu'elle travaillait, elle évacuait la douleur et la remplaçait par un état de plénitude, un sentiment de valorisation personnelle qui la berçait dans l'illusion d'un quelconque bonheur. Elle avait réussi au cours de la dernière année à tenir le coup et à ne pas sombrer dans le désespoir grâce à son boulot. Elle s'était étourdie, saoulée, engourdie totalement dans son travail qu'elle adorait. Mais maintenant… Qu'allait-elle faire? Qu'allait-elle devenir ?

Tout en réfléchissant à son triste sort, elle poursuivait son chemin à travers la ville et s'approchait progressivement des parcs qui environnaient la métropole. Elle marchait maintenant depuis plus de deux heures et ne faisait que commencer à ressentir la douleur qui s'était installée depuis un bon moment déjà aux confins de ses chaussures à talons. Elle n'avait jamais marché aussi longtemps avec ces souliers, des échafaudages qu'elle ne réservait habituellement que pour les déplacements à l'intérieur du bureau. Elle avait maintenant peine à avancer tellement ses pieds brûlaient et elle dut s'arrêter quelques instants pour les enlever. Elle trouva un banc aux abords du premier parc qu'elle trouva et y prit place avec soulagement.

Elle se déchaussa aussitôt et constata avec consternation l'état lamentable de ses pieds. Elle pouvait apercevoir à travers les bas de soie déchirés les lambeaux de peaux ensanglantés qui se détachaient en plusieurs endroits de ses pieds meurtris par le frottement et la compression. Elle se mit à chercher frénétiquement un mouchoir dans son sac à main, afin de nettoyer ses plaies, alors qu'elle aperçut, devant elle, un chat.

Il était assis sur ses pattes arrières au milieu de l'allée rocheuse qui sillonnait les bancs du parc et fixait Camille d'un regard franc, presqu'impertinent. C'était un chat très singulier. Il était replet sous une fourrure dense et peluchée qui paraissait bleutée et arborait sur un visage circulaire, d'énormes yeux cuivrés. Son aspect dodu le dotait d'un air sympathique qui paradoxalement devenait inquiétant sous l'intensité de son regard. Après avoir examiné le chat quelques instants, Camille continua à chercher dans son sac. C'est alors que le félin grimpa jusqu'à elle en lançant un miaulement soutenu et s'installa directement sur l'ouverture de son sac à main. Elle remarqua alors qu'elle avait probablement mal évalué la couleur de ses yeux au premier abord, puisque d'aussi près ils paraissaient maintenant presque verts.

Un vert bien particulier d'ailleurs, cette couleur était vaguement familière. Elle planta ses yeux au fond de ceux du félin afin de mieux les observer et constata avec un léger affolement qu'ils avaient encore changé d'apparence semblant recouvrer leur teinte originale. Elle n'y comprenait rien et observait le chat l'observer en retour. J'ai pourtant vu un vert, ce vert… Le chat ronronnait de contentement et semblait sourire au travers son visage joufflu. Il avait bien les yeux cuivrés. Ou peut-être jaunes? Quel chat étrange! Camille sentit une légère appréhension l'envahir et elle chassa le matou du revers de la main ce qui le fit rebondir lourdement sur le sol.

Elle trouva un mouchoir et essuya hâtivement ses pieds, puis reprit sa marche sans porter ses chaussures. Elle quitta précipitamment le parc qui se trouvait à quelques coins de rues de son appartement et marcha sans se retourner. Lorsqu'elle arriva au seuil de sa porte, elle constata que le matou l'avait suivi. Il se frôlait amoureusement contre ses chevilles et elle dut l'enjamber brutalement afin d'accéder à son logement sans qu'il n'y pénètre. Elle réussit à le pousser et à refermer brusquement la porte derrière elle. Elle vérifia au travers les rideaux du salon afin de s'assurer qu'il était effectivement à l'extérieur, mais ne l'aperçut pas. Elle conclut qu'il devait être dans un racoin de la galerie qu'elle ne pouvait apercevoir et décida de ne plus y penser.

Elle se laissa choir sur le canapé du salon en laissant échapper un long soupir. Puis elle s'endormit. Il était près de vingt heures lorsqu'elle sortit de sa léthargie. Une démangeaison au niveau du nez précipita son réveil et elle sursauta nerveusement lorsqu'elle réalisa que le chat du parc était la cause de ce chatouillement. Elle se releva brusquement ce qui projeta l'encombrant félin vers le fond du canapé où il se replaça en se pelotonnant calmement. Alors qu'elle envisageait l'intrus avec appréhension, elle remarqua à nouveau la teinte verte de ses yeux, cette couleur qu'elle avait cru percevoir au parc. Alors qu'elle le fixait toujours, son cœur se mit à battre à tout rompre dans sa poitrine. Mais… cette couleur… ce vert !! C'est exactement la couleur des yeux de Simon! Les yeux de Simon! Sur ce chat!!

Mais comment est-ce possible s'écria-t-elle en s'éloignant de l'étrange félidé. Mais je délire! Je deviens folle !! C'est sûrement à cause de tous ces satanés problèmes qui s'acharnent sur moi ! Je fais une dépression, un choc post-traumatique ! Elle se mit à sangloter et s'agiter de façon incontrôlable. Ces larmes étaient les premières qu'elle versait depuis la mort de Simon. Elle se mit à pleurer abondamment, profondément, sincèrement pendant un bon moment. C'était comme si toute la souffrance et la peine qu'elle avait refoulées et accumulées dans ses nerfs devenus saturés trouvaient enfin un exutoire…

Le chat l'observait sans broncher tout au long de sa crise qui dura presque vingt minutes. Puis, alors que Camille se réinstallait péniblement sur le canapé, il s'approcha finement pour aller gra-duellement se lover sur ses genoux. Il ronronnait bruyamment et dégageait une telle chaleur que la jeune femme se sentit bercée et enveloppée d'une sérénité apaisante. Elle se mit à caresser douce-ment le chat alors qu'elle essuyait d'une main ses yeux humides et boursouflés.

Puis ultimement, elle s'endormit à nouveau. Elle ne se réveilla qu'à l'aube. Le chat n'était plus là, mais Camille n'y fit pas attention. Elle se leva et fit un brin de toilette et fut heureuse de constater que l'état d'agitation qui l'avait possédée la veille s'était quelque peu alangui. Elle ressentait toujours au fond d'elle-même une certaine angoisse, mais ses idées étaient un peu plus claires et elle voyait maintenant les choses avec beaucoup plus de recul. Après s'être préparé un petit déjeuner léger qu'elle dégusta dans la cuisine, elle alla terminer son café sur le canapé du salon. C'est alors qu'elle se souvint du chat. Elle se mit à le chercher dans l'appartement, mais ne le trouva pas. Elle sortit furtivement à l'extérieur sur la galerie, il n'y était pas non plus. Quel chat étrange. Comment avait-il pu entrer hier et comment était-il sorti aujour-d'hui ? Se dit-elle en marmonnant.

Elle décida d'oublier ce bizarre animal et de planifier sa journée afin de la bien meubler. Elle se mit donc à préparer une liste des choses à faire ; aller au bureau de chômage, aller à l'épicerie, acheter les journaux pour vérifier les offres d'emploi, aller voir sa sœur… Toutefois, alors qu'elle tentait de dresser cet horaire de la journée, elle avait tout le mal du monde à se concentrer. Elle n'arrivait pas à libérer son esprit de ce foutu chat ! Elle décida d'aller prendre l'air pour se changer les idées. Peut-être irait-elle au parc… Histoire de s'aérer, garder la forme, et peut-être, par la même occasion, par hasard… retrouver le matou…

Alors qu'elle s'apprêtait à quitter l'appartement, le télé-phone sonna. C'était Sophie la sœur de Camille, qui souhaitait laisser un message en rapport à une rencontre familiale qui aurait lieu dans les prochains jours. Elle ne souhaitait que laisser un message sur le répondeur sachant bien qu'elle ne risquait pas de trouver Camille à la maison, celle-ci s'y trouvant rarement, même le soir. Lorsque Camille répondit au téléphone, Sophie se montra inquiète et interrogea sa sœur qui esquiva ses questions lui faisant plutôt part du fait qu'elle était ravie de lui parler et qu'elle planifiait justement d'aller la voir au cours de la journée. Après avoir discuté brièvement, elles se donnèrent rendez-vous pour le lunch.

Camille quitta la maison vers onze heures trente pour rejoindre sa sœur directement au lieu de rencontre prévu, un petit bistro avec terrasse situé à environ trente minutes de son appar-tement. Elle décida de s'y rendre à pied se disant qu'elle pourrait peut-être apercevoir le chat pendant son parcours. Elle trottait nonchalamment en direction du bistro alors que ses yeux furetaient chaque parcelle de rue et de ruelle avoisinantes. Aucune bête ne croisa non chemin ou son regard. Lorsqu'elle se trouva à quelques pas du restaurant elle fut extirpée de sa distraction par les appels de sa sœur qui venait de l'apercevoir du haut de la terrasse. Elle lui fit signe d'approcher et Camille alla la rejoindre avec enthousiasme.

« Tu avais l'air bien distraite comme si tu avais perdu quelque chose ? Lui dit-elle   après lui avoir fait la bise.

- Oh non, pas du tout je prenais mon temps pour regarder le paysage…

- Ah bon ? Sophie éclata de rire. Toi ? Qui regarde le paysage ? Mais ça ne va pas ma pauvre Camille. Alors maintenant, raconte-moi tout. Qu'est-ce qui t'arrives ?

Elles prirent place à table et Camille fit le récit des ses mésaventures à Sophie qui l'écouta avec beaucoup d'attention et d'empathie. Sophie avait tout le temps et la patience d'écouter sa sœur puisqu'elle était enceinte de son premier enfant et ne travaillait plus depuis quelques semaines. Camille et Sophie étaient jumelles et extrêmement proches, mais ne se ressemblaient que sur le plan physique, Sophie étant de loin la plus pondérée et la plus sereine des jumelles. Après avoir mangé et discuté pendant plus de deux heures, Camille qui avait consommé à elle seule toute une bouteille de vin, se mit à raconter l'étrange rencontre qu'elle avait fait avec l'animal qui avait les yeux de Simon. Sophie l'écouta, puis, ne put s'empêcher de s'écrier un peu affolée qu'il lui était arrivé quelque chose de semblable il y avait quelques mois.

Elle raconta qu'un chat était venu la visiter quelque temps avant qu'elle n'apprenne qu'elle était enceinte. À cette époque, elle et son mari Paul, essayaient déjà depuis trois ans d'avoir un enfant sans succès. Un soir donc, alors que Sophie et Paul faisaient l'amour, ils entendirent par la fenêtre de leur chambre, d'étranges bruits émanant de la cour arrière. Il sembla à Sophie que ces sons étaient des pleurnichements de nouveau-né. Ces pleurs étaient très persistants et semblaient provenir du jardin qu'elle avait aménagé derrière la maison. Elle enfila un vêtement pour aller vérifier à l'extérieur et c'est alors qu'elle vit sortir de sous les fleurs du jardin, un chat bleuté au regard cuivré. Il miaulait bruyamment alors qu'il sortait de sa cache et il sembla à Sophie que les sons qu'il émettait ressemblaient réellement à des pleurs de nourrisson. Elle prit alors le chat dans ses bras et le caressa pendant de longues minutes alors qu'il ronronnait contre son ventre. Puis tout à coup, il se libéra de l'étreinte de Sophie et retourna dans les herbages avoisinants en miaulant. Cette fois, cependant, les bruits émis par le chat lui avaient parus tout à fait normaux.

Peut-être avait-elle confondu les miaulements pour des pleurs d'enfants après tout, s'était-elle dit. Quoi qu'il en soit, après cette rencontre, Sophie s'était sentie investie d'une étrange énergie, une impression d'ultime connexion avec la nature, qui lui donnait la ferme conviction d'être, à ce moment précis, extrêmement féconde. Elle fit l'amour toute la nuit et put confirmer sa grossesse moins de trois semaines plus tard.

Camille regardait Sophie avec d'immenses yeux abasourdis et balbutia :

- Mais tu ne m'avais jamais parlé de ça ?

- Ben évidemment non ! Je viens de faire le lien avec ton histoire de chat !

- Tu as décrit le même chat que celui qui m'a suivi chez moi ! Lança Camille. À part le fait que le mien avait parfois les yeux verts !

- Comment peut-il avoir "parfois" les yeux verts ?

- Je n'en sais rien, mais il avait les yeux de Simon... parfois...

Sophie fit une moue.

- Et moi j'aurais juré que j'avais entendu un bébé ajouta-t-elle. Il a peut-être vraiment fait le son d'un bébé. S'il peut changer la couleur de ses yeux, il peut peut-être changer sa voix.

Elles se regardèrent et se mirent à rire. Tout ceci semblait bien improbable. Et pourtant...

« Il faut retrouver cet animal Sophie. Il est... il a ... quelque chose de spécial ! Conclut Camille alors qu'elles s'apprêtaient à quitter le bistro.

Les deux sœurs décidèrent de se mettre à la recherche du chat. Elles se dirigèrent vers le parc et marchèrent et cherchèrent pendant plus d'une heure sans résultat. Elles croisèrent bien un chat ou deux mais aucun ne ressemblait au fameux animal. Toutefois Sophie se fatiguait facilement était donné sa condition et les jumelles décidèrent d'abandonner en fin d'après-midi. Elles se dirent au revoir et repartirent chacune de leur côté se promettant toutefois de se reprendre un autre jour.

Pendant les semaines qui suivirent, Camille oublia quelque peu le chat et s'affaira à régler certains détails qui la préoccupaient au niveau de sa situation financière. Son employeur lui octroyait une indemnisation de cinq mois à plein salaire, mais elle tenait à connaître les procédures et les options qui s'offraient à elle pour la suite. Après tout, elle ne connaissait absolument rien au fabuleux monde du chômage, puisqu'elle se retrouvait sans emploi pour la première fois de sa vie. Elle décida donc de se rendre au bureau de l'assurance-emploi afin d'obtenir des informations et de se rassurer, mais elle envisageait néanmoins cette démarche avec une certaine sérénité. Depuis qu'elle avait évacué la peine et le stress accumulés, lors de la visite du chat, les problèmes qui se présentaient à elle semblaient toujours se placer dans une perspective plus pondérée que par le passé.

Au bureau local, on lui expliqua qu'elle devait terminer sa période de plein salaire avant de faire une demande pour recevoir des prestations d'assurance. Elle réalisait qu'elle avait donc amplement le temps pour se mettre à la recherche d'un nouvel emploi et qu'elle pouvait profiter de ce temps d'arrêt pour se reposer pleinement et se remettre de ses épreuves des derniers mois.

Ses préoccupations se mirent à emprunter une nouvelle tangente, et la sérénité et la quiétude devenaient de nouvelles alliées qu'elle utilisait avec sagesse. Elle prenait du temps pour lire, cuisiner et se faire dorloter chez le masseur ou le pédicure. Elle passait beaucoup de temps avec Sophie et préparait avec elle la venue de l'enfant. Elle l'accompagnait chez le médecin, allait luncher pendant des heures avec elle et la couvrait de cadeaux pour le bébé. La vie paraissait riche, belle et paisible.

Puis un jour, alors qu'elle faisait ses courses, Camille remarqua sur un poteau de la ville une affiche où apparaissait l'image d'un chat. Une note était inscrite sous le dessin :

« Je cherche le chat qui m'a sauvé la vie
Aidez-moi à le retrouver pour le remercier
Et récompenser son maître »

Puis la personne notait ses coordonnées pour être rejointe.

Camille sursauta. C'était son chat ! Enfin, LE chat ! Elle venait de réaliser que cette annonce avait été placée à cet endroit depuis plus d'un mois. Elle se souvenait maintenant avoir vu plusieurs de ces messages placardés un peu partout dans le quartier, mais jamais elle n'y avait prêté attention.

Elle ne pouvait le croire. Elle relit l'annonce plusieurs fois. Sauvé la vie! Sauvé la vie !... elle prit en note le numéro de téléphone de la personne qui avait écrit le message et se précipita à l'appartement avec l'intention d'appeler cette femme pour en savoir plus. Une fois chez elle, Camille se jeta sur le téléphone et appela Mme Adéline Larose. Elle laissa sonner plusieurs coups puis une très vieille femme parlant d'une voix éteinte répondit.

« Allo ?

- Mme Larose ?

- Allo ?

- Mme Larose s'il vous plaît ? vociféra Camille.

- Oui c'est moi, dit lentement la dame.

- Mme Larose j'ai vu votre annon...

- Oh !! Vous avez trouvé le chat ?

- Euh… non pas vraiment en fait je le cherche…

- Pardon ?

- Je le cherche ! Enfin, je vous appelle parce que votre annonce m'a interpelé, j'aurais voulu savoir comment ce chat vous a sauvé la vie ?

- Vous le cherchez ?

- Oui. Euh Madame Larose comment vous-a-t-il sauvée ?

- Ah… vous ne l'avez pas ? dit-elle déçue.

- Mme Larose s'il-vous-plaît comment ce chat vous a-t-il sauvée ?

- Pardon ?

- Le chat vous a sauvée ?

- Oh oui ! Ce chat m'a sauvé la vie ! Il est entré dans ma chambre alors que je dormais et il a tiré mes cheveux et mordillé mes doigts pour que je me réveille alors qu'un feu commençait à faire rage au rez-de-chaussée. J'ai eu le temps de l'apercevoir avant de réaliser qu'il y avait un feu. J'ai tout de suite appelé les pompiers et tout s'est arrangé sans trop de mal. Je n'avais jamais vu cet animal auparavant, d'ailleurs j'ignore comment il est entré chez moi… et je ne l'ai pas vu depuis.

Camille raconta son histoire et celle de sa sœur à Mme Larose qui, bien que fascinée, ne fut pas surprise. Ce chat est un ange venu du ciel mademoiselle. Il m'a sauvé la vie ! Répéta-t-elle avec émotion. Camille discuta encore un peu avec la vieille dame et la remercia pour le temps qu'elle lui avait accordé.

Le jour suivant, Camille prit sa voiture pour faire ses emplettes, et s'amusa à repérer toutes les affiches que Mme Larose avait posées ici et là dans le quartier. Il y en avait absolument partout ! Lorsqu'elle sortit de l'épicerie, Camille tomba face à face avec l'une d'elle qui se trouvait sur le lampadaire du coin de rue. Elle regarda l'affiche brièvement avant de retourner en direction de sa voiture, puis soudainement, rebroussa chemin. Quelque chose était différent. Elle relut le message et constata que la note n'était pas celle de Mme Larose. C'était un message similaire du fait que quelqu'un cherchait ce chat pour le remercier, mais la personne qui signait la note n'était pas la même. Camille décrocha l'annonce d'un coup, la plia et l'enfouit dans la poche de son imperméable.

Elle retourna à sa voiture et se mit à longer les rues à la recherche des affiches. Elle fit alors une découverte étonnante. Les annonces avaient été placées par une multitude de personnes et presque chaque fois il s'agissait du même chat. Le chat bleuté aux yeux cuivrés. Et sur chaque affiche, un dessin de l'animal apparaissait, mais jamais de photographie. Camille avait passé l'après-midi à répertorier toutes les affiches placardées et constata qu'il n'y en avait plus de quatre-vingt. Bien sûr, parmi ce lot se retrouvaient quelques duplicata, toutefois il devait bien y avoir au-dessus d'une vingtaine d'auteurs différents.

Camille retourna chez elle puisqu'il était maintenant presque dix-neuf heures. Elle se prépara un délicieux repas et prit même le temps d'allumer quelques chandelles et de savourer un savoureux bordeaux, ce qu'elle n'avait pas fait depuis des années. En fin de soirée, elle décida de passer un coup de fil à Sophie pour lui raconter les développements des derniers jours. Sophie écouta Camille avec beaucoup d'intérêt, et lorsque sa sœur eut terminé son récit elle commenta :

- Je pense que Mme Larose n'avait pas tout à fait tort lorsqu'elle disait que ce chat était un ange. Regarde tout le bien qu'il a fait. C'est réellement un chat exceptionnel, pas étonnant que tous ces gens veulent le retrouver !

- Mais ce que je ne comprends pas c'est qu'aucune de ces personnes ne semble le retrouver et qu'aucun d'eux ne possède de photographie. C'est comme si il est toujours de passage chez les gens. Ils n'ont pas le temps de l'apprivoiser et de le prendre en photo. Aucune de ces personnes ne mentionne qu'il est perdu. Il n'a apparemment aucun maître.

- Effectivement, tout ça est bien étrange fit Sophie.

- Oh mon Dieu !

- Quoi ?

- J'ai une fuite d'eau dans la salle de bain !!! Écoute, il faut que j'appelle le concierge je te rappelle après!!

Le concierge prit un peu son temps mais se présenta quelques minutes plus tard. Il constata les dégâts et se mit au travail sur le champ. Alors qu'il travaillait déjà depuis près d'une heure, il informa Camille qu'il devait aller chercher une pièce de tubulure dans son atelier. Alors qu'il s'apprêtait à sortir de l'appartement, il remarqua les annonces du félin éparpillées ici et là sur la table du salon. Voyant le dessin de l'animal il se tourna vers Camille et lui dit :

- Vous cherchez ce chat ?

- Euh… eh bien… en quelque sorte… Vous l'avez déjà vu ?

- Mais bien sûr… Il se promène toujours dans les environs depuis quelques temps !

Le concierge arbora un léger sourire en coin. Le cœur de Camille ne fit qu'un bond dans sa poitrine.

- Vous l'avez vu ? Où ça ? À qui appartient-il ?

- Eh bien. Vous voyez, c'est difficile à expliquer… euh… comment dire… ce n'est pas simple. Il n'y a pas de réponse directe. Il faut avoir l'esprit ouvert !

- Com… comment ça ? fit Camille intriguée.

- Eh bien, je crois que ce chat n'appartient à personne en fait. C'est un visiteur, un vagabond, un esprit libre. Oui c'est ce qui le décrit le mieux, un esprit libre.

Il fit une pause après avoir dévisagé Camille comme si il cherchait à sonder son esprit pour capter son niveau de réceptivité. Puis il reprit :

- Vous savez, il y avait un guérisseur qui vivait dans le quartier il y a quelques années, c'était un homme noir qui faisait des visites à domicile. Il a déjà guéri mon père d'une pneumonie.

- Et alors ?… fit Camille qui ne comprenait pas le lien avec le chat.

- Eh bien cet homme est mort il y a environ deux ans. Il adorait les chats et aimait leur prodiguer des soins dans les ruelles.

- Et donc ce chat lui appartiendrait ?

- Non je vous ai dit que ce chat n'appartient à personne. Écoutez, j'habite le quartier depuis toujours et j'ai travaillé à la fourrière quand j'étais plus jeune. Inutile de vous dire que je connais bien les animaux qui ont l'habitude de se promener dans les environs. Et je peux vous dire que ce chat a fait son apparition après la mort de ce guérisseur. Je ne l'avais jamais vu avant ça. J'étais présent à l'enterrement de M. Félix car j'avais beaucoup de respect pour cet homme extraordinaire et comme je vous ai dit, il a déjà guéri mon père. Eh bien je vous assure que la première fois où j'ai vu ce chat est à l'enterrement de cet homme. Il est arrivé ce jour-là, venu de nulle part.

- Alors qu'est-ce que vous insinuez ? fit Camille dubitative

- Je n'insinue rien du tout. Je vous dis que ce chat est arrivé sur terre lorsque cet homme est mort. Et à en croire ces affiches, ils font le même travail !

M. Caron fit un clin d'œil à Camille avant de s'esquiver vers la sortie.

« Je vous avais dis qu'il fallait avoir l'esprit ouvert Mlle Camille fit-il sans la regarder et riant avec cœur. »

Camille retomba maladroitement sur son canapé et ce faisant, laissa échapper de sa main le dessin du chat.

LE PRISONNIER

Jean Poisson affichait un sourire béat alors qu'il roulait au volant de sa voiture sport en dévalant les pentes abruptes qui serpentent le fleuve. Il roulait à très grande vitesse bien qu'il fut très en avance sur l'heure du rendez-vous auquel il se rendait. Cet état d'excitation était engendré par le fait qu'il vivait à ce moment précis le moment le plus exaltant de son existence. Il gouttait donc chaque instant de ce bonheur avec une intense frénésie qui le rendait quelque peu survolté. Il se trouvait dans cet état ardent depuis quelques heures déjà, alors que la fille qu'il convoitait depuis des années l'avait appelé pour lui donner rendez-vous sur une terrasse surplombant le fleuve.

Il ne pouvait croire à la chance qu'il avait eue alors qu'il l'avait rencontrée par hasard quelques jours plus tôt à la sortie d'un magasin du centre-ville. Il ne l'avait pas remarquée sur le moment, mais elle s'était approchée de lui et l'avait interpellé avec enthousiasme lui demandant s'il la reconnaissait. Il l'avait reconnu presqu'aussitôt, et fut ravi de voir dans quel état de réceptivité elle se trouvait. En effet, il l'avait connu à l'école secondaire et avait développé un très fort béguin pour elle, ou plutôt, pour son apparence physique, mais il ne faisait pas la différence. Il avait traîné cet attachement quelque peu malsain pendant plusieurs années même au-delà de ses études universitaires, et n'avait jamais vraiment réussi à l'oublier bien qu'ils se soient perdus de vue pendant près de dix ans.

Le plus étrange est que cette fille nommée Suzie Myre ne lui avait jamais adressé la parole pendant toutes ces années puisqu'elle ne voyait en lui qu'un pauvre flanc mou, maigre, blême, criblé d'acné et presque bègue. De toute façon, elle ne s'intéressait qu'aux garçons qui avaient de l'avenir... Toutefois lors de leur rencontre des derniers jours, elle l'avait rapidement reconnu malgré ses

72

nouveaux traits plus virils, sa forte stature, sa peau sans faille et surtout, sa nouvelle voiture sport. Après leur brève rencontre, elle lui avait demandé son numéro et l'avait appelé le soir même pour fixer un rendez-vous.

Alors que Jean se remémorait toutes ces années où il avait fantasmé sur Suzie Myre il s'imaginait tout en roulant vers son rendez-vous, le déroulement possible de la soirée. Il fut toutefois extirpé de ses rêveries alors qu'il s'engageait dans un virage serré et qu'il réalisa brusquement que sa voiture tanguait dangereusement en direction du flanc de la montagne. Seule une frêle clôture séparait la voie asphaltée d'un immense précipice de près de cinquante mètres et la voiture s'engageait lourdement vers la gauche dans la voie opposée, près de cette clôture. Après quelques tentatives de redressement, la panique commença à s'emparer de lui alors qu'il constata que ses manœuvres devenues désespérées n'avaient aucun impact sur la trajectoire de son véhicule. Puis cette panique atteint son paroxysme lorsqu'il aperçut un camion se présenter vers lui à toute vitesse dans la voie opposée. Les deux véhicules entrèrent en collision dans un bruyant face à face et valsèrent entrelacés hors de la route dans le précipice.

Jean ne se réveilla que cinquante-deux jours plus tard après un long coma. Pendant tout ce temps, les membres de sa famille étaient restés à son chevet, se remplaçant tour à tour, évitant le plus possible de le laisser seul afin de guetter chaque clignement de cil ou de paupière, ou tout autre mouvement d'un membre qui aurait pu suggérer la conscience ou le réveil. Ironiquement, au moment même où Jean ouvrit les yeux pour la première fois, il était seul dans sa chambre d'hôpital, puisque sa sœur Viviane était sortie pour aller chercher un café. Il devait être autour de trois heures du matin. Jean avait lentement roulé les yeux, les avaient entre-ouverts discernant alors une faible lueur provenant de sous la porte de sa chambre. Il n'arrivait pas à interpréter les images qui lui parvenaient ni à comprendre où il se trouvait et cette confusion se transforma en une troublante anxiété.

Puis il entendit vaguement des pas provenant du corridor mais ces sons et lumières étaient si agressants qu'il se mit à paniquer et voulut se lever. Il constata alors avec effroi que son corps ne répondait pas. Il était paralysé. Il n'arrivait même pas à crier, puisqu'il était intubé. Une jeune femme entra dans la chambre quelques secondes plus tard. C'était l'infirmière de garde qui faisait sa ronde. Elle s'approcha du lit et se pencha pour examiner son patient lorsqu'elle réalisa qu'il avait les yeux grands ouverts et la dévisageait avec insistance. Surprise, elle fit un bond en arrière puis se rapprocha afin de s'assurer qu'elle avait bien vu.

Au même moment, la sœur de Jean entra dans la chambre. Lorsqu'elle constata que l'infirmière s'affairait autour de son frère elle lui demanda s'il y avait du nouveau. La garde n'eut pas un mot à dire puisque Vivianne saisit dans son regard, que quelque chose d'exceptionnel venait de se produire. Elle regarda son frère et dut mettre sa main sur sa bouche pour étouffer le cri d'excitation qui allait sortir. Elle se mit à pleurer nerveusement et répétait sans cesse Oh mon Dieu ! Oh mon Dieu, tout en gigotant contre le rebord du lit. L'infirmière lui expliqua qu'elle venait de constater son réveil et qu'elle devait sortir pour avertir le médecin de garde. Elle ressortit de la chambre laissant Vivianne seule avec son frère affolé.

Viviane se tira une chaise pour se trouver à proximité de Jean et se mit à caresser son front tout en lui demandant s'il pouvait serrer sa main. Elle remarquait bien l'intensité dans son regard mais n'arrivait pas à percevoir la panique sous-jacente, se trouvant elle-même dans un état d'excitation inhabituel. Alors qu'elle le questionnait sans relâche, le médecin et la garde entrèrent brusquement dans la chambre se précipitant au chevet du malade. Le médecin examina ses yeux et fit quelques autres vérifications pour confirmer que le patient était bien réveillé et conscient. Il constata toutefois l'angoisse du jeune homme sans en faire mention. Il se mit ensuite à vérifier ses réflexes et sensations puisqu'il avait constaté que son patient ne semblait bouger que ses yeux. Puis il prit Vivianne à part et lui demanda de contacter les autres membres de la famille afin de les mettre au courant de la nouvelle. Il prit ensuite la main de Jean dans la sienne et s'assoyant sur le lit, lui expliqua doucement qu'il se trouvait à l'hôpital suite à un accident de voiture. Il lui résuma les évènements sobrement puis lui demanda de ne pas s'inquiéter, que ses proches étaient en route et qu'il allait faire un compte rendu de la situation dès que tout le monde serait présent. Il continua ensuite à l'ausculter procédant à différents tests tout en notant ses observations.

Dans l'heure qui suivit, les parents de Jean arrivèrent à l'hôpital, ainsi que son beau-frère et la sœur de sa mère, sa tante Charlotte. Vivianne n'avait pas encore réussi à rejoindre son frère Samuel mais elle se souvenu qu'il était hors de la ville pour ses affaires. Lorsque toutes les personnes qu'elle avait contactées furent arrivées, Vivianne avisa le médecin qui les réunit tous dans la chambre. Les membres de sa famille se précipitèrent au chevet de Jean dans ce qui lui apparut être un assaut étourdissant de cris et de pleurs émergeant de toutes parts.

Alors qu'il s'était quelque peu calmé depuis son réveil et que progressivement il commençait à saisir ce qui avait pu lui arriver, le vacarme ambiant l'extirpa de ses pensées. Il fut arraché à un état où il cherchait désespérément à se remémorer les événements qui l'avaient amené jusque là, mais la fébrilité de son esprit rendait tout processus de raisonnement impossible. À travers toutes ces pensées vaseuses et ces émotions qui le submergeaient une idée fixe s'installait, pourquoi n'arrivait-il pas à bouger? Il essayait de repousser cette question harcelante puisqu'il redoutait la réponse qui s'imposait mais surtout, il appréhendait les explications imminentes du médecin. Puis, le Dr Besner prit la parole :

« Je vous remercie d'être venus si rapidement. Comme vous le savez maintenant, Jean a repris conscience et il semble répondre aux stimuli de ses principaux sens tel la vue, l'ouïe et l'odorat. Il réagit bien lorsque l'on parle et peut bouger les yeux. Toutefois, j'ai testé ses réflexes et… il ne répond pas. »

Le Dr scruta son audience afin de capter leur réaction. Tous avaient la bouche ouverte et buvaient ses paroles. Il y eut un silence de plusieurs minutes, puis Vivianne coupa le silence d'une question :

« Est- ce que vous êtes en train de dire que mon frère est paralysé ? dit- elle d'une voix hésitante.

- Il souffre effectivement d'une paralysie complète puisqu'il a subi des dommages à la moelle épinière au niveau du cou et plusieurs lésions aux vertèbres du dos ce qui fait qu'il est présentement tétraplégique. Il n'a plus l'usage de ses bras, ni de ses jambes et ses vertèbres cervicales sont très endommagées, il n'a aucune mobilité au niveau du cou.

Il y eut encore un long silence et on entendit la mère de Jean sangloter. Elle s'approcha de son fils et prit ses épaules dans ses bras avant de poser sa tête sur sa poitrine. Elle sanglotait toujours, lorsque son mari la releva et lui demanda de se contenir afin de ne pas décourager son fils. Puis M. Poisson se tourna vers le médecin et demanda :

- Est-ce qu'il pourra marcher un jour ?

- Eh bien... je ne voudrais pas vous donner de faux espoirs... il est très affecté... si dans les six prochains mois, il n'y a pas d'évolution notable, il risque d'être en fauteuil roulant pour le reste de sa vie. Toutefois de nouveaux traitements et des méthodes de réadaptation sont à l'essai de sorte qu'il n'est pas interdit d'espérer. Enfin... je veux dire... on ne sait jamais...

Il tapota l'épaule du pauvre père et se tourna vers Jean pour lui dire qu'il avait beaucoup de veine d'être en vie et qu'il devait s'y accrocher, que le camionneur impliqué dans l'accident avec lui n'avait pas eu cette chance...

Jean pensait rêver... En fait il se croyait en plein cauchemar, il n'arrivait pas à croire qu'il se trouvait dans cet état... Ses yeux scrutaient la chambre et les membres de sa famille, le plafond, le médecin, les appareils qui l'entouraient... Comment était-ce possible ? Il n'avait aucun souvenir de cet accident, aucune douleur, aucune trace dans sa mémoire ne subsistait d'un quelconque état comateux. Le noir total. Toutefois quelques fragments des instants de joie qui avaient précédé l'accident lui revenaient en mémoire. Il versa une larme. Cette nuit-là, les membres de sa famille restèrent près de lui jusque vers midi, s'épanchant avec lui et entre eux afin de tenter d'apaiser l'immense peine qui les affligeaient. Puis il dormit pendant près de quinze heures.

Ce sommeil fut long et extrêmement agité. Il fit des rêves très complexes et embrouillés où il rampait pour se mouvoir et traînait avec lui des tubes remplis de solutés. Tout s'y déroulait lentement et péniblement dans une atmosphère pesante où les paroles du médecin résonnaient en bruit de fond et sans arrêt comme un disque bloqué sur un accroc. Ces cauchemars étaient entremêlés de moments agréables où il entrevoyait le visage de Suzie Myre puis la route côtière et le soleil éblouissant de la journée fatidique. Mais tout à coup la douceur de ces parcelles de temps se noyait à nouveau dans une lourdeur noire et angoissante. Puis un terrible vacarme, un choc percutant le secoua et l'arracha à ses rêveries, le laissant haletant et ruisselant de sueur dans son lit d'hôpital.

Il était seul dans la chambre et constata que tout était beaucoup plus silencieux qu'à l'habitude. Il réalisa que le respirateur n'était plus en fonction ce qui expliquait le silence relatif. Il comprit qu'il n'était plus intubé. Il prit une profonde respiration et essaya de se calmer. Puis il tenta de bouger ses lèvres et d'émettre des sons, mais sa gorge éraillée ne fit qu'émettre des toussotements étouffés. Une soif immense le tenaillait et il comprit qu'il serait impossible de la soulager à ce moment précis. Il remarqua toutefois du coin de l'œil un pot d'eau qui était placé bien en vue sur la table de chevet. Quelle frustration! Il n'y avait rien à faire. Il avait beau essayer de bouger rien ne répondait. Il essaya à nouveau d'émettre un son mais à la place il cracha des résidus muqueux du fond de sa gorge. L'infirmière entra au même moment.
- Bonsoir Jean, vous êtes enfin réveillé ?

Jean la regardait, tentant de regarder le pot d'eau pour qu'elle comprenne.
- Je vais vous laver, on dirait que vous avez eu chaud, n'est-ce pas ?
Il fixait le pot.

L'infirmière s'affaira à faire sa toilette pendant près de vingt minutes ce qui parut interminable à Jean qui pendant tout ce temps ne faisait que fixer le pot d'eau. Cette soif était insupportable et la frustration que la situation engendrait ne faisait que l'exacerber. Il se mit à émettre des bruits gutturaux alors qu'il tentait de formuler des mots. Ses tentatives étaient vaines puisque les structures de sa bouche n'étaient pas en mesure de se coordonner, de sorte qu'il avait plutôt l'air de mâchouiller des herbes que d'engager la conversation.

Il dut attendre encore près d'une heure avant d'avoir la possibilité d'étancher sa soif lorsque sa mère arriva vers cinq heures du matin et lui offrit un verre d'eau pourvu d'une paille. Jean était aussi soulagé que découragé. Il détestait avoir à dépendre de tout un chacun pour le moindre besoin élémentaire. Son cœur débattait dans sa poitrine, comment allait-il faire pour accepter sa nouvelle condition, comment allait-il passer par-dessus cette épreuve immense ? Il ne croyait pas en être capable, il se sentait submergé, abattu, découragé...

Il n'y eut que très peu de progrès dans les semaines qui suivirent. Des séances de réadaptation, furent entreprises mais sans grand succès. Toutefois les gens de sa famille et le personnel médical développèrent un système de communication basé sur le clignement des yeux afin de subvenir à ses besoins immédiats à l'intérieur de délais plus raisonnables. Néanmoins, il pouvait désormais être nourri par la bouche et il réussissait parfois à formuler quelques mots. Mais malgré ces éléments positifs, Jean vivait régulièrement des périodes d'accablement intenses. De plus, il continuait à faire des cauchemars récurrents qui se terminaient invariablement par un impact violent.

Quelques mois passèrent. Les progrès étaient de moins en moins perceptibles et Jean semblait avoir atteint un plateau dans sa progression. Il se souvint des paroles du médecin à son père. Si après six mois il n'y a pas d'évolution votre fils pourrait passer sa vie en chaise roulante. Il était cloué à ce lit depuis plus de quatre mois maintenant. Il commençait à croire que rien n'allait changer. Il devait accepter son sort. Mais comment accepter ? Il aurait donné tout ce qu'il possédait à cet instant précis, tous ses biens matériels, absolument tout, pour simplement se lever et marcher. Il pouvait distinguer à travers la fenêtre de sa chambre, le parc qui faisait face à l'hôpital. Il devait être environ vingt heures en ce soir de juillet et le soleil brillait encore et faisait miroiter l'eau qui dansait hors de la fontaine placée à l'entrée du parc. Jean mourait d'envie d'aller se promener dans la verdure, de sortir de cette cage qu'était devenu son corps, de cette prison à perpétuité. Il souhaitait tant se lever qu'il se mit à imaginer de toutes ses forces qu'il le faisait. Il se voyait en train de sortir du lit et traverser la porte et marcher, marcher... Quel bonheur ! ...

Il se produit alors quelque chose d'exceptionnel. Alors qu'il focalisait avec intensité sur son désir, Jean se sentit chavirer dans un état ressemblant à une vague électrique dans lequel il sentit ses jambes bouger ! Mais, étrangement, le mouvement n'était pas localisé, il s'agissait plutôt d'une sorte de déplacement vers le haut. En fait, il réalisa que ce n'était pas ses jambes qui bougeaient, mais tout son corps, son corps en entier ! Il sentit son cœur s'affoler et tenta de reprendre ses esprits. Son corps se replaça aussitôt à sa position originale. Il n'y comprenait rien. Que s'était-il passé ? Il rationalisa ce qui venait d'arriver en se disant qu'il devait s'être étourdi à force de se concentrer si fort, de sorte que ses sens avaient sûrement été confondus. Jean avait une forte tendance à tout rationaliser puisqu'il possédait une formation scientifique, et il décida que la seule explication possible était forcément une erreur de perception.

Néanmoins, il demeura songeur pendant quelques instants puisqu'il avait de la difficulté à se défaire de l'impression qu'il avait ressentie et qui semblait si authentique. Pourquoi avait-il senti un sentiment de légèreté et de liberté si puissant et pourquoi ses oreilles avaient-elles perçu un son strident comme si il avait franchi les limites d'un espace interdit par les lois naturelles de la physique. Cela lui rappelait les histoires de science-fiction qu'il avait lues durant son adolescence où les univers parallèles et autres trucs du genre ne pouvaient être franchis sans causer de fortes perturbations à leurs frontières. Il se mit à rire de lui-même et se persuada que son explication originale était certainement la bonne.

Sa sœur Vivianne vint lui rendre visite ce soir-là, et bien que Jean soit maintenant en mesure de formuler des phrases, il ne partagea pas son expérience avec elle. Il préférait trouver une explication plausible avant de lui en parler afin d'éviter qu'elle ne s'imagine qu'il soit en train de perdre son esprit en plus du reste… Toutefois, dès le lendemain soir, il tenta de répéter l'expérience de la veille.

Il se mit à contempler le parc avec cette même ferveur de s'y rendre qu'au soir précédent. Il se concentrait canalisant toute la force de sa pensée vers cet endroit. Au bout de quelques minutes, il sentit un picotement au niveau de ses mains. Il s'affola un peu, puis focalisa à nouveau son esprit en tentant d'ignorer les manifestations étranges qui se présentaient. Il se concentra à nouveau avec une intensité incroyable de sorte qu'il se mit à tourbillonner sur lui-même comme si il avait trop bu. Alors qu'il pivotait sur un point central qui semblait provenir du centre de son ventre sous le diaphragme, il fut soudainement tiré hors de ce manège lorsque ses parents entrèrent dans la chambre. L'étrange mouvement rotatif décéléra puis s'arrêta net laissant en trace un imperceptible étourdissement. Malgré la joie qu'il ressentait de voir ses parents, Jean se sentit contrarié de n'avoir pu aller au bout de son expérience. Lorsque ses proches furent prêts à partir plusieurs heures plus tard, il leur fit comprendre qu'il ne serait plus nécessaire de venir tous les soirs dorénavant. Il leur expliqua qu'il ressentait le besoin de se retrouver seul afin de réfléchir et faire le vide après ses journées de réadaptation. Ses parents furent quelque peu étonnés de cette demande mais l'acceptèrent.

Le soir suivant, Jean se pressa tellement pour avaler son repas qu'Audrey, l'infirmière qui l'aidait à se nourrir, dut lui dire de ralentir s'il ne voulait pas s'étouffer ou se rendre malade... ou les deux !
- Tu as pourtant bien mangé ce midi Jean. D'où te vient cet appétit ? lui demanda-t-elle.
- Je veux terminer... pour pouvoir me reposer dit-il lentement étant donné ses difficultés motrices résiduelles au niveau de la bouche.
- Ah bon ? Peut-être que les séances sont trop exigeantes ? Peut-être qu'il faudrait en réduire la durée ? Je vais en parler au Dr Besner ajouta-t-elle d'un air songeur.

Jean qui ne savait quoi répondre se contenta de dire :
- Non ce n'est pas nécessaire... euh... de le déranger avec ça. Je veux juste avoir plus de temps le soir... pour moi... c'est tout !
- Aimerais-tu que quelqu'un te fasse la lecture ?
- Non !! Je veux... me reposer ! Répéta-t-il quelque peu agacé.
- Bon très bien fit Audrey perplexe. On en reparlera quand tu seras moins fatigué...

Jean était impatient de voir Audrey quitter sa chambre, ce qui était contraire à son habitude puisqu'il adorait lorsqu'elle lambinait un peu lors de ses visites.

Vers dix-neuf heures quarante il fut enfin seul. Il tenta aussitôt de reproduire l'expérience de la veille et arriva rapidement à atteindre l'état de tournoiement. Après quelques minutes, il se mit à tourner très rapidement et tout son corps engourdi sembla vibrer bruyamment projetant une tonalité aigue à travers ses oreilles. Il ignora ces manifestations qu'il connaissait déjà et poursuivit son activité avec ferveur. Soudain, il sentit quelque chose se détacher de son corps et s'élever vers le haut, causant une sorte de statique électrique au moment de la séparation. Ce qui s'était détaché monta en direction du plafond rebondissant et se retourna face au lit qui gisait plus bas.

C'est alors que Jean réalisa quelque chose d'inouï ! Il pouvait voir son corps immobile sur le lit, alors que sa conscience et ses yeux, sa tête et le reste de son intégrité corporelle flottait apparemment dans les airs ! Alors qu'il réalisait à quel point ce concept était saugrenu et incroyable, Jean s'affola, ce qui provoqua aussitôt le retour de ce corps vaporeux dans son corps physique. Il y eut un léger délai avant que toutes les parties ne se replacent exactement au bon endroit ce qui donna à Jean l'impression d'être un fluide qui glisse doucement pour épouser les contours d'un moule. Lorsque la réintégration fut complète, Jean sentit son cœur se débattre dans son corps paralysé et en dépit du fait que sa gorge fut nouée, il appela l'infirmière de toutes ses forces.

Celle-ci prit quelques minutes avant d'arriver puisqu'elle était déjà occupée avec le patient se trouvant à l'autre extrémité du couloir. C'est d'ailleurs lui qui entendit les cris en premier et en avisa Audrey. Elle termina d'ajuster le soluté de son patient avant de se diriger prestement vers la chambre de Jean. Lorsqu'elle arriva, elle le trouva haletant et en sueur avec des yeux affolés et écarquillés. Elle se pencha vers lui et mit sa main sur son front pour vérifier s'il avait une fièvre. En fait, loin d'être fiévreux il était livide et froid.

- Mais qu'est-ce qui se passe ? Tu as mal ?

- Non ! j'ai… j'ai…. je veux parler à ma tante… va chercher ma tante !

- Ta tante ? Quelle tante ?

- Ma tante Juliette… je dois lui…. parler… absolument !

- Ah bon ? C'est important à ce point ? Tu es bien étrange toi depuis quelques temps dit-elle en le regardant du coin de l'œil. Tu n'es pas en train de nous faire une dépression ?

- Mais non !… arrête ! … je veux… parler à ma… tante. Tu peux appeler ma…. sœur pour avoir son … numéro.

- Bon d'accord. Je vais terminer ma ronde et je vais appeler ta sœur ça te va ? C'est fou quand même un jour tu ne veux pas voir les gens, et le jour suivant tu fais une crise pour les voir… c'est bien étrange tout ça… dit-elle en quittant la chambre.

Jean se disait que si quelqu'un pouvait entendre cette histoire sans le prendre pour un fou, c'était bien sa tante Juliette. Il l'avait lui-même prise pour une folle des dizaines de fois, puisqu'elle racontait des histoires ahurissantes depuis très longtemps et était un peu considérée comme une excentrique par la famille. Elle avait déjà dit en la présence de Jean qu'elle possédait des dons surnaturels et pouvait sortir de son corps à volonté ce qui à l'époque ne l'avait même pas fait sourciller. Juliette était la sœur de sa mère et celle-ci avait beaucoup influencé l'opinion qu'il se faisait de sa tante. En fait les deux sœurs ne se parlaient presque plus depuis que la mère de Jean avait fait des commentaires à l'effet qu'elle trouvait dangereux que des enfants soient sous la garde d'une femme aussi évaporée. Cette remarque avait créé la zizanie entre les deux sœurs pendant des années et même à ce jour, leur relation était assez tiède. Toutefois, aujourd'hui les paroles de Juliette prenaient tout leur sens. Jean mourrait d'envie de lui parler…

Il fallut plus de quatre jours au total pour contacter Juliette et l'amener au chevet de son neveu. Elle s'y rendit un mercredi lors d'une soirée pluvieuse. Jean était endormi, n'attendant personne mais se réveilla quelques minutes après son entrée dans la chambre. Les effluves de son parfum et les quelques gouttes d'eau qui jaillirent de son parapluie lorsqu'elle le referma, provoquèrent son réveil.

« Oh !!… ma tante !!! Comme je suis content de te voir !

- Eh bien ! Permets-moi d'être surprise !
Elle regarda son neveu immobile, frêle et s'exprimant d'une voix faible et lente et se sentit émue.

- On m'a dit que tu voulais me voir mon garçon ?
Jean ne perdit pas une seconde :

- Ma tante… comment ça se passe quand on sort de son corps ?

Le visage de Juliette s'illumina et elle comprit ce que son neveu avait expérimenté. Elle tenta du mieux qu'elle put de synthétiser plus de trente ans d'expérience dans ce type de pratique et lui fit un récit qui le sidéra complètement. Il y avait certaines variantes dans les épisodes, toutefois les éléments de base ressemblaient dans le détail près à ce qu'il avait vécu. C'était incroyable, incroyable... Il discuta avec sa tante pendant des heures jusqu'à tard dans la nuit où elle lui fit part de plusieurs trucs et procédés pour arriver rapidement à quitter son corps. Puis elle ajouta que sortir de son enveloppe charnelle n'était rien du tout en soi, le véritable intérêt était de voyager avec son corps éthéré. Elle lui raconta le récit de plusieurs voyages qu'elle avait fait dans des lieux inimaginables, tous plus fabuleux les uns que les autres. Elle lui parla aussi d'une corde argentée qui reliait le corps astral au corps physique. Lorsque cette corde se brise, lui avait-elle dit gravement, c'est la mort.

Jean n'arrivait pas à croire que sa tante maîtrisait toutes ces notions et il réalisait qu'elle était une source inestimable d'informations et de connaissances. Il avait honte aujourd'hui de la façon dont la famille s'était comportée avec elle, l'ayant ridiculisée et méprisée alors qu'elle avait tenté de partager son savoir pendant toutes ces années. C'est nous qui étions méprisables, pensa Jean avec regret. Lorsque sa tante s'apprêta à partir, Jean la remercia chaudement et lui fit promettre de revenir. Elle promit avec joie puisqu'elle était impatiente de voir ses progrès tant au niveau psychique que corporel. Toutefois avant de quitter sa chambre elle lui laissa matière à réflexion:
« N'oublie jamais que le mental est toujours plus fort que la matière. »
Il sourit paisiblement à cette pensée puis devint pensif en se replongeant dans les récits qu'il venait d'entendre et s'endormit paisiblement. Au cours des jours qui suivirent Jean passa toutes ses soirées à mettre en pratique les enseignements qu'il avait reçus de Juliette. Il améliora sa capacité à se mettre en état de vibration, c'était le nom qu'elle donnait à l'étape des tournoiements, et arrivait maintenant à provoquer le détachement du corps subtil en quelques instants. Il pouvait flotter allègrement au-dessus de son lit pendant des heures et ainsi écouter les conversations des gens qui

se trouvaient dans la pièce et qui le croyaient profondément endormi.

Le sentiment de liberté qu'il éprouvait était indescriptible, beaucoup plus puissant que celui de marcher et de bouger avec ses membres, puisque ce nouveau corps possédait des propriétés de légèreté et de malléabilité fabuleuses. Juliette racontait même qu'il était possible pour le corps éthéré de traverser la matière et parcourir des distances vertigineuses en très peu de temps. Toutefois Jean n'en était pas là, il se contentait de parfaire sa technique de séparation, mais ne s'était pas encore aventuré hors de sa chambre.

Mais un soir, il décida de pousser l'expérience plus loin. Il se dit qu'il était temps d'aller vers le parc, puisque c'était après tout, l'élément qui avait déclenché toute cette affaire. Il procéda donc à l'étape de la séparation en moins de cinq minutes et se retrouva au plafond. Il dirigea alors sa pensée vers la fenêtre de sa chambre ce qui amena le corps éthéré à se déplacer dans cette direction. Il rebondit alors légèrement sur le rebord de la fenêtre. Puis il se concentra afin de forcer sa forme vaporeuse à passer au travers la matière. À sa grande surprise il y réussit en quelques instants puisque son corps subtil obéissait de façon presque instantanée aux commandes de sa pensée.

Alors qu'il entamait la traversée de la fenêtre, il ressentit un étrange bourdonnement qui ressemblait vaguement à celui que produit l'électricité statique ou la mise sous tension d'appareils électriques. Il éprouva ensuite l'étrange sensation que des particules de verre et de bois traversaient sa propre matière lui laissant l'impression que son corps se trouvait à la même échelle que ces particules. Tout ceci parut se dérouler à une vitesse très lente de sorte qu'il se sentit imbriqué dans la fenêtre pendant quelques instants. Puis ultimement, Jean se retrouva de l'autre côté du mur, hors de la chambre, hors de l'hôpital, hors de la prison qu'il habitait depuis près de cinq mois. Quelle sensation exaltante, cette légèreté, cette autonomie, cette indépendance ! Non seulement il retrouvait sa liberté, mais elle était éminemment plus grande, en fait elle semblait infinie. Jean ressentait un immense bonheur, une joie profonde telle qu'il n'en avait jamais réellement sentie dans son corps physique. Il flottait, littéralement et se mit à voler vers le parc où il se mit à prendre beaucoup de vitesse. En fait, il remarquait que dès que l'idée de se rendre quelque part émergeait dans sa tête il était aussitôt mobilisé à cet endroit. Aussitôt pensé, aussitôt arrivé. Évidemment, les distances à l'intérieur du parc étaient assez limitées ce qui expliquait peut-être la rapidité des déplacements. Jean se demanda ce qui arriverait s'il envisageait de parcourir des distances plus grandes. Il contempla les alentours puis regarda vers le ciel. La lune commençait à émerger dans le ciel et Jean eut une idée grandiose. La lune ! Je vais visiter la lune !

Dès que cette idée fut précisée il se mit à monter dans le ciel à une vitesse foudroyante. Il avançait si vite que le paysage environnant se mit à se distordre jusqu'à former ultimement, de simples lignes horizontales qui longeaient le parcours emprunté. Il entendit encore des sons vibratoires aigus dans ses oreilles et s'aperçut qu'il approchait de sa destination. Seulement quelques minutes s'étaient écoulées depuis son départ du parc. Il pouvait déjà distinguer les cratères de la lune et décida de décélérer afin de profiter de la vue. Toutefois, il se sentit soudainement propulsé dans la direction inverse et fut parachuté brusquement dans son corps physique. Il constata qu'Audrey était en train de le remuer en tentant de le réveiller. Jean exaspéré se mis à engueuler la pauvre infirmière :

« Mais qu'est-ce que tu as fait ! Fous-moi la paix ! Tu m'empêches de faire mon expérience !

- Ton expérience ? Jean, j'étais venue prendre ta température et ta pression et tu semblais endormi. Est-ce que tu fais l'expérience de te foutres de ma gueule ?

Elle laissa tomber ces dernières paroles au travers une voix étouffée par l'émotion et sortit brusquement de la chambre sans se retourner. Jean se sentit aussitôt coupable et regretta de s'être emporté. Néanmoins, il se dit que si elle était en mesure de savoir à quel point il était heureux avant qu'elle ne l'interrompe, elle lui pardonnerait certainement son comportement. Cependant, il était hors de question qu'il raconte ses aventures au personnel soignant, il savait trop à quel point les gens peuvent passer des jugements et dénigrer ce genre de choses, en particulier dans le domaine médical. Le lendemain matin, Jean présenta tout de même ses excuses à Audrey et lui témoigna toute sa reconnaissance pour son dévouement, il ajouta même quelques compliments sur son apparence physique et ses paroles ne dépassaient pas sa pensée...

Au cours des jours qui suivirent, Jean multiplia ses balades astrales en explorant des lieux de plus en plus éloignés de sorte qu'ultimement, il atteignit les confins du système solaire. Puis, un peu blasé du vide sidéral il décida d'aller explorer les endroits de la terre qu'il n'avait jamais vus. Ainsi, il visita des endroits aussi variés que les Andes, l'Himalaya, les Indes, l'Égypte et l'antarctique... En conséquence, il découvrait réellement une façon de voyager tout à fait idéale ! En effet il pouvait bourlinguer sans ressentir la fatigue, la chaleur ou le froid et surtout, le décalage horaire... Jean adorait cette nouvelle vie de liberté et d'exploration. Jamais il ne s'était senti aussi épanoui, aussi heureux et, grâce à tous ces voyages, aussi cultivé. Il avait l'impression d'être un homme nouveau, un homme plus complet, un homme possédant une conscience élargie. Il estimait posséder une meilleure compréhension des choses autant matérielles que spirituelles et était étonné de constater à quel point elles étaient intrinsèquement reliées.

D'ailleurs il réalisa que les lieux physiques usuels étaient souvent superposés sur de multiples autres mondes qu'il pouvait franchir aisément. Il se retrouvait alors dans des lieux fantastiques ou les références habituelles étaient inexistantes, des mondes possédant toute une gamme de propriétés, de nuances et de textures variant à l'infini. Ces voyages étaient les plus impressionnants et ceux qui s'avéraient les plus enrichissants sur les plans émotionnels et psychiques. Jean y découvrait l'ampleur de la création à des échelles immensément plus vastes qu'il n'aurait pu l'imaginer.

Alors que ses nouvelles péripéties astrales contribuaient à améliorer son moral et élever sa psyché, Jean découvrit que des effets positifs commençaient également à se manifester sur son corps physique. En effet, il remarquait depuis quelques temps que la répétition des séparations semblait engendrer un effet quelconque sur la sensibilité de ses nerfs, comme si les énergies mises en jeux stimulaient sa moelle épinière, de sorte qu'il avait retrouvé une certaine sensibilité dans ses membres. Cet élément était très encourageant en ce qui concernait sa réadaptation physique et ceci le poussa à rechercher une motivation, un moteur quelconque qui pourrait l'amener à se dépasser.

C'est ainsi qu'après plusieurs semaines de randonnées dans une multitude de dimensions, Jean planifia de se servir de ses nouvelles aptitudes afin de sonder un espace encore plus subtil... L'âme humaine. La première étape de cette nouvelle phase exploratoire serait toutefois bien pragmatique et concrète et consisterait à vérifier les véritables sentiments de Suzie Myre. Il ne l'avait jamais revue depuis l'accident puisqu'elle n'était jamais venue le visiter et personne n'était au courant qu'ils s'étaient donné rendez-vous cette journée-là. Il avait souvent pensé à elle depuis son réveil du coma mais ne s'était jamais confié aux membres de sa famille puisque ceux-ci avaient toujours considéré que son béguin pour cette fille était malsain.

Toutefois il ressentait un très fort besoin de confirmer si l'objet de son désir entretenait des sentiments réciproques. Si l'amour était au rendez-vous il s'avérerait le motivateur idéal et pourrait l'aider à atteindre son but de remarcher un jour. Un soir donc, Jean entreprit de visiter Suzie Myre afin de trouver des réponses à ses questions. Il se concentra simplement sur elle et surgit en quelques instants au beau milieu de son appartement.

Elle était affairée à préparer son repas dans la cuisine et portait un peignoir en satin très léger. Les lumières étaient tamisées et une musique d'ambiance jazzée créait une atmosphère relaxe et engageante. Il l'observait depuis un point dans les airs, la dévisageant et scrutant chaque détail à la loupe, bien conscient de la chance qu'il avait de pouvoir l'observer à sa guise. Toutefois après quelques minutes, il réalisa que malgré cette conjoncture aguichante, malgré l'ambiance et la tenue légère, Suzie Myre ne lui faisait aucun effet ! Il s'interrogeait en l'examinant et se demandait pourquoi elle lui semblait si différente, pourquoi elle paraissait si... banale... oui... banale ! Bizarre ! Elle était pourtant aussi belle et provocante que jamais ! Peut-être était-ce lui qui était différent se dit-il. Peut-être que toutes ses expériences métaphysiques lui avaient apporté une certaine profondeur et que la simple vue d'un corps attrayant ne suffisait plus à le captiver.

Alors qu'elle se tenait droit devant lui et qu'il se questionnait encore à savoir ce qu'il avait jamais vu dans cette fille, elle se mit à parler :

« Tu as terminé mon chéri ?

Il ne fit qu'un bond. Hein ? pensa-t-il. Elle me voit ? Il n'y comprenait rien ! Mais au même moment, il vit sortir de la salle de bain, un homme qui portait une serviette autour de sa taille comme si il sortait de la douche. Il s'approcha de Suzie et déposa un baiser sur son épaule. Il se rendit dans la chambre et en ressortit tout habillé réajustant sa cravate. Puis il sortit une énorme liasse de billets de banque et la lança sur le comptoir de cuisine. Il posa un autre baiser sur la joue de Suzie et lui dit avant de sortir de l'appartement :

- Merci encore… on se revoit la semaine prochaine ?

- Oui, même jour même heure mon lapin…

Puis, dans les minutes qui suivirent, quelqu'un d'autre frappa à la porte. C'était un autre homme qui était apparemment un client régulier...

Jean était complètement estomaqué. Sa Suzie ? Une péripatéticienne ? Une poule de luxe ? Estomaqué et déçu Jean réalisait qu'il avait perdu l'usage de ses membres et avait failli mourir pour cette fille qui ne s'intéressait qu'à l'argent, cette fille vile et superficielle. Il concéda toutefois qu'il l'avait probablement été tout autant. Dure et cruelle leçon de vie…

LE SPECTRE

Avril tirait sa révérence alors que les cerisiers amorçaient leur élégante floraison dans les champs bordant le périmètre du comté de Beaulieu. Un printemps alangui s'installait timidement peinant à chasser le pénible hiver qui l'avait précédé. Les champs laissaient poindre encore, clairsemés, les vestiges des rafales enneigées s'y étant déferlées mais les routes, désormais praticables, devenaient graduellement plus achalandées.

C'est ainsi que l'appel des charmes bucoliques amena Alice Simoneau à entreprendre, par un dimanche ensoleillé, une escapade en voiture afin de s'accorder quelques heures de détente en dépit de son horaire chargé. Elle ne s'était alloué que de très brefs moments de répit depuis le démarrage de son entreprise au cours de l'année précédente et considérait qu'elle méritait amplement ce moment d'évasion afin de se ressourcer un peu. Elle était d'avis que la nature possédait des vertus apaisantes et thérapeutiques, et entendait bien profiter de cette journée selon cette optique.

Cette conception quelque peu "zen" des choses était cependant relativement nouvelle pour cette citadine endurcie qui avait, jusqu'à tout récemment, vécu en retrait des splendeurs agrestes. Pendant des décennies, elle ne s'était investie que dans son travail, passant le plus clair de son temps entre les murs des tours à bureau du centre-ville. Mais, à l'aube de la quarantaine, une série de drames personnels virent bouleverser sa vie, ébranlant du même coup le fondement de ses valeurs et de ses repères. Des épreuves pénibles se succédèrent telle une suite macabre dont le prélude fut le sinistre et étonnant suicide de sa sœur Adèle. Suite à ce drame, sa mère devint gravement malade et elle décéda à son tour. Puis, Alice dut combattre un agressif cancer qui la rendit invalide pendant plusieurs mois ce qui ultimement, poussa son mari excédé à divorcer.

Tout ce marasme émotif précipita la jeune femme dans un état émotif précaire qui la fragilisa au point où elle doutait être en mesure de se rétablir un jour. Elle envisageait l'avenir avec appréhension et vivait constamment dans un état d'anxiété nocif et malsain. Le seul élément positif qui émergeait de toute cette débâcle était le fait qu'Alice devenait désormais une femme relativement aisée grâce à la séparation des biens acquis au cours de son mariage ainsi que des sommes d'argent dont elle héritait. C'est ainsi qu'éventuellement, elle décida de disposer de ses nouvelles ressources à bon escient et projeta de s'offrir une année sabbatique.

Elle entreprit des démarches auprès de son employeur afin d'obtenir un congé sans solde mais sa demande fut rejetée puisqu'elle avait déjà épuisé au cours de l'année, toutes les ressources d'aide qui pouvaient lui être octroyées par les assurances de l'entreprise. Exaspérée, elle posta une lettre de démission dès le lendemain du rejet officiel de sa demande, et ne retourna jamais sur les lieux de son travail. Au cours des mois qui suivirent, elle entreprit un périple introspectif à travers lequel elle expérimenta diverses cures et traitements avec l'aide d'une foule de conseillers, de thérapeutes et gourous de tout acabit, dans l'espoir de retrouver son équilibre et sa santé.

Ultimement, à travers ces recherches, elle prit conscience du fait que le contact avec la nature lui était bénéfique, et que le rapprochement avec les éléments naturels lui apportait la sérénité dont elle avait besoin pour se recentrer. Éventuellement, sa santé s'améliora et elle prit la décision de s'installer à la campagne. Puis, suite à une série de circonstances favorables, elle dénicha une charmante petite maison victorienne dont elle fit l'acquisition dans le comté de Beaulieu. Ultérieurement, elle convertit cette maison en auberge au concept de chambre avec petit déjeuner, afin de se garantir un revenu.

Elle consacra plusieurs mois à travailler sans relâche afin d'aménager et décorer la petite auberge qu'elle inaugura vers la fin de l'hiver. Quelques mois après l'ouverture, elle se trouva dans l'obligation d'engager de l'aide car les affaires étaient si bonnes qu'elle se retrouva vite débordée. Elle embaucha donc une gouvernante pour gérer la cuisine et l'entretien des chambres.

Après quelques semaines d'opération, la nouvelle aubergiste et son assistante, Mme Poussin, parvinrent à établir un système permettant de gérer l'établissement de manière efficace ce qui permit à Alice de s'accorder un petit congé un certain dimanche d'avril. Elle monta à bord de son cabriolet et emprunta une route qui bordait la rivière ceinturant le comté et qui serpentait sur plusieurs kilomètres. Elle ouvrit partiellement la fenêtre afin de saisir la tiédeur du vent sur sa peau et d'emplir ses poumons de l'effluve printanière qui s'en dégageait. Le soleil était rayonnant et la lumière chaleureuse qui en émanait parvint à faire poindre un sourire de contentement sur son visage.

Elle roula ainsi pendant des heures, savourant à chaque minute la douceur de cette ambiance. Elle ne s'arrêta que pour faire le plein d'essence et casser la croûte en début d'après-midi. Puis alors qu'elle reprenait son chemin, elle aperçut au loin une femme qui marchait en bordure de la chaussée. Alors que la voiture arrivait vis-à-vis la dame, Alice se trouva dans l'obligation d'exécuter un léger ricochet avec son volant afin de l'éviter puisqu'elle empiétait légèrement sur la route. C'était une femme assez grande et de corpulence moyenne vêtue d'une robe qui semblait un peu légère pour cette période de l'année. Alors qu'Alice la devançait, elle continua à l'observer dans son rétroviseur et constata que la femme ne portait ni chaussures, ni sac à main. Elle déambulait d'une manière indolente en fixant le sol de sorte qu'Alice n'eut pas l'opportunité de distinguer les traits de son visage.

Elle continua donc sa route bien que cette rencontre l'eût laissée perplexe. Elle se demandait si elle n'aurait pas fait mieux de s'arrêter pour vérifier si la dame avait besoin d'aide, puis se dit que si tel avait été le cas, la femme lui aurait certainement fait un signe lorsque la voiture la croisa. Alice décida d'arrêter de se questionner sur cette affaire et poursuivit son périple jusqu'au village voisin.

Elle s'arrêta au village de « Du Vallon » afin de se délasser un peu et profita du fait que les magasins étaient toujours ouverts pour faire quelques courses. Elle descendit ensuite à l'Hôtel afin de prendre un repas chaud qu'elle accompagna d'un peu de vin, mais elle ne s'attarda pas trop puisqu'elle distinguait déjà dans le ciel les teintes de la brunante. Elle évitait depuis quelques années de conduire à la noirceur puisque sa vue baissait et qu'il lui était difficile de bien distinguer les détails en particulier lorsque d'autres véhicules déployaient leurs phares.

Elle reprit donc son chemin avec un peu plus d'empressement qu'elle ne l'avait fait lorsqu'il faisait jour. Alors qu'elle roulait depuis près d'une heure elle crut percevoir une faible lueur sur le côté droit de la route. Alors qu'elle s'approchait, cette lueur se modifia et Alice sentit un frisson d'effroi lui parcourir le dos. C'était la femme! Les phares de la voiture projetèrent sur elle un flux de lumière furtif qui permit à Alice de mieux l'apercevoir. Elle vit alors qu'elle avait des cheveux mi-longs de couleur châtains qui étaient tout en chamaille sur ses épaules donnant l'impression qu'elle avait été impliquée dans une bagarre. Elle portait une robe qui était définitivement trop légère pour la saison puisque dépourvue de collet et de manches et composée d'un délicat coton fleuri. Avec étonnement elle remarqua que cette robe était déchirée par endroits et laissait paraître des sections de peau qui semblaient êtres meurtries et ensanglantées. Alice ne pouvait toutefois pas distinguer le visage de la femme puisqu'elle déambulait dans la même direction qu'elle, ne lui présentant que son dos.

Elle diminua la vitesse de son cabriolet afin de se ranger sur le côté pour offrir son aide à la dame et proposer de la ramener en lieu sûr. Alors qu'elle opérait sa manœuvre elle ne quittait pas la femme des yeux en l'observant dans son miroir. Elle aperçut alors son visage. Il était maculé de sang! Alice immobilisa son véhicule aussitôt. Alors qu'elle s'empressait de descendre de la voiture, elle brisa le talon de sa chaussure ce qui lui fit perdre l'équilibre. Elle tomba sur le sol déchirant un fragment de son manteau et de ses bas et dut se débattre pendant quelques secondes avant de se relever et de se départir de sa chaussure. Elle leva les yeux pour vérifier où se trouvait la femme mais ne l'aperçut pas.

Elle trottina maladroitement en claudiquant avec sa chaussure dans une main et ses clefs de voiture dans l'autre, tournant la tête dans tous les sens afin de la retrouver. Elle pensa qu'elle était peut-être tombée dans le fossé qui longeait la route et se mit à chercher en criant « Madame ! Madame ! Mais il n'y eut aucune réponse. Il n'y avait personne… Alice continua à chercher pendant plus de vingt minutes, traversant la chaussée asphaltée à plusieurs reprises et appelant la dame. Puis, découragée, elle retourna à sa voiture au même moment où une pluie glaciale se mit à déferler. Elle demeura assise pendant plusieurs minutes dans la voiture essayant de comprendre ce qui venait d'arriver. « Mais où a-t-elle bien pu aller ? Peut-être est-elle tombée quelque part inconsciente? » Alice s'interrogeait, et ne savait que faire. Elle se disait qu'il faudrait appeler les secours, mais elle ne disposait pas d'un portable et les téléphones publics étaient rarissimes sur la route provinciale où elle se trouvait. Elle décida de retourner à la station d'essence où elle s'était ravitaillée plus tôt dans la journée bien que celle-ci se trouvât à quelques heures de route.

Estimant qu'il n'y avait pas d'autre solution, Alice se résigna à repartir, mais elle jeta un dernier coup d'œil dans le rétroviseur afin de s'assurer que la dame n'était pas en vue. Mais, elle ne vit rien. Elle appuya sur l'accélérateur et poursuivit sa route. Lorsqu'elle arriva enfin à la station-service elle fut consternée de constater qu'elle était fermée. Les lumières étaient éteintes et une affiche accrochée dans la porte attestait de la fermeture. La jeune femme qui commençait à ressentir un léger affolement, reprit la route en filant à toute allure se disant qu'elle placerait un appel à la police une fois arrivée à l'auberge. Toutefois, c'est la police qui l'intercepta en premier. En effet, un agent de police qui s'était posté près d'un embranchement du chemin repéra la vitesse excessive du cabriolet sur son radar et se mit à le pourchasser en faisant hurler ses sirènes.

Alice se sentit d'abord contrariée, puis elle réalisa qu'il s'agissait d'une chance inouïe de faire sa déposition. Lorsque le policier arriva vis-à vis sa portière, elle devança l'intervention en prenant la parole la première alors qu'elle descendait sa fenêtre avec empressement.

« Monsieur l'agent ! Monsieur l'agent vous devez vous rendre vers le village de Du Vallon il y une…

- Puis-je voir vos enregistrements Mme s'il vous plaît ? coupa l'agent agacé.

- Mes enreg…. Mais Monsieur l'agent !

- Vos enregistrements s'il-vous-plaît ?...

Alice fouilla fébrilement dans son sac en marmonnant jusqu'au moment où elle repéra ses papiers et les tendit au policier en reprenant son récit. Celui-ci prit les pièces sans l'écouter et la pria de l'attendre alors qu'il retournait à sa voiture. Après ce qui parut être une éternité, l'agent réapparut avec une contravention qu'il remit à l'aubergiste en affichant un air narquois. La jeune femme irritée lui arracha le papier des mains et lui lança :

- Est-ce que vous allez m'écouter maintenant ?

- Vous avez quelque chose à dire ?

Alice raconta, tant bien que mal, l'histoire de la marcheuse d'un débit quelque peu surexcité. Lorsqu'elle eut terminé, le policier un peu embarrassé, lui promit de faire envoyer une voiture pour aller patrouiller la route et ses alentours. Soulagée, Alice reprit tranquillement le chemin du retour et regagna l'auberge autour de vingt-trois heures.

Elle trouva Mme Poussin affairée à préparer la chambre d'un client qui venait de s'enregistrer pour la nuit. L'aubergiste prit le temps de saluer son client et de bavarder brièvement avec lui, puis avisa son assistante qu'elle retournait à l'étage pour aller préparer du café. Les deux femmes avaient l'habitude de clore la journée dans la cuisine autour d'un café, pour papoter et se délasser un peu avant le départ de Mme Poussin. Celle-ci habitait à quelques pâtés de maison de l'auberge mais n'y dormait jamais, les places étant réservées pour les clients. L'auberge comptait au total cinq chambres aménagées, dont quatre étaient disponibles pour la clien- tèle, Alice occupant la cinquième.

Mme Poussin était une femme relativement âgée et faisait toute chose de façon posée, elle mit donc quelques minutes avant de rejoindre sa patronne à la cuisine. Lorsqu'elle arriva enfin, Alice lui tendit une tasse de café et les deux femmes s'installèrent, comme à l'habitude, autour de la table de la cuisine. La jeune femme se mit alors à lui raconter en détails ses péripéties de la journée avec une certaine fébrilité. Mme Poussin l'écoutait attentivement et prit lentement la parole lorsqu'Alice eut terminé :

- Vous savez… j'ai déjà vu cette femme !

- Vous… vous quoi ? Quand ça ?

- Il y a plusieurs mois… sur cette route !

Un frisson glacial traversa l'échine d'Alice qui dévisageait les yeux creux et plissés de la vieille dame.

- Mais comment est-ce possible ? Comment savez-vous que c'est la même ?

- Vous avez bien dit des cheveux châtains, ébouriffés et une robe légère à motif floral? Sans chaussure ni sac à main… c'est la même je vous dis…. Mais ça ne m'était pas apparu aussi louche à ce moment là… mais c'était un peu singulier quand même…

Alice ne savait que penser. Toutefois, l'heure avançait et puisqu'elle devait se lever tôt le lendemain matin pour préparer les petits déjeuners elle signifia à Mme Poussin qu'elle préférait aller se reposer et reparler de tout cela un autre jour. Les deux femmes se quittèrent un peu à contrecœur emportant avec elles, une foule d'obsédantes interrogations. Alice eut toutes les difficultés du monde à s'endormir, les images de la marcheuse lui revenant sans cesse en tête, et ultimement, les paroles de Mme Poussin. Elle arriva tout de même à s'assoupir en milieu de nuit, mais ses pensées embrouillées l'entraînèrent au cœur d'un rêve étrange.

Elle rêva qu'elle marchait seule, en pleine nuit sur une route recouverte d'un dense brouillard. Envahie par cette obscurité, elle cherchait désespérément à discerner ce qui l'entourait et bien qu'elle eût voulu courir, elle ne se déplaçait qu'au ralenti semblant flotter comme si elle fut submergée dans l'eau. Alors qu'elle avançait encore, elle perçut tout à coup un murmure lointain qui ressemblait à une plainte. Elle avança encore et encore. Cette plainte, cette lamentation devenait plus audible et plus forte à mesure qu'elle avançait, jusqu'au moment où elle vit soudainement devant elle la femme de la route apparaître devant elle agenouillée et le bras tendu en sa direction et criant d'un visage grimaçant et ruisselant de sang.

Alice se réveilla en sursaut, haletante et ruisselant de sueur. Elle tourna la tête vers son cadran-réveil et constata qu'il était près de cinq heures vingt du matin, soit dix minutes avant l'heure programmée du réveil. Elle décida de se lever puisqu'il était inutile de tenter de se rendormir dans les circonstances. Elle fit sa toilette et commença à prendre de l'avance sur la préparation des crêpes, des gaufres, des pommes de terre rissolées et des fruits. Elle vaquait à ses occupations avec acharnement afin de chasser les images du cauchemar qui lui revenaient en tête sporadiquement. Elle parvint à se changer les idées au fil des heures, alors que les chambreurs déambulèrent tour à tour à la salle à manger au cours de l'avant-midi. Vers treize heures, Mme Poussin arriva et prit la relève pour débarrasser la cuisine, faire le ménage et préparer les chambres pour les nouveaux arrivants du soir. Pendant ce temps l'aubergiste se consacra à la comptabilité pendant une bonne partie de l'après-midi.

Vers seize heures les deux femmes s'offrirent une pause à la cuisine et reprirent la conversation de la veille. Alice fit part de son mauvais rêve à Mme Poussin qui l'écouta sans broncher. Lorsque la jeune femme eut terminé, la vieille dame émit un long soupir et articula lentement :

- Il ne faudrait pas vous en faire trop avec cette histoire Alice, vous avez fait ce qu'il fallait en avisant la police.

Elle tapota doucement la main de sa patronne, puis elle poursuivit :

- Justement, est-ce que vous avez eu des nouvelles de la police ? Est-ce que vous savez s'ils ont trouvé la femme ? Si vous voulez, je peux appeler mon fils... Il est policier dans la région vous savez... il pourrait s'informer...

- Non je n'ai pas de nouvelles. Il me semble que le policier qui m'a arrêtée s'appelait Breton. Oui je crois bien que c'est le nom que j'ai vu sur la contravention.

Alice se leva afin de fouiller dans son sac à main pour trouver le constat d'infraction qu'elle avait négligemment jeté dans sa bourse le soir de l'incident. Elle parcourut des yeux le document chiffonné afin d'y retrouver le nom de l'agent qui l'avait intercepté.

- Constable Jacques Breton c'est bien ça confirma-t-elle en lisant.

- Constable Breton ? Mon fils le connaît bien, ils vont souvent à la chasse ensemble ! Vous voulez que je demande à mon fils de l'appeler ?

- Eh bien... je suppose que je pourrais moi-même le retrouver en appelant la police locale...

- Si c'est mon fils qui fait les démarches vous aurez des nouvelles plus rapidement...

- Non... ne vous donnez pas ce mal. Je vais appeler le constable Breton tout à l'heure.

- Bon comme vous voulez...

- Euh... Mme Poussin ? Ajouta l'aubergiste d'un air songeur.

- Ne m'avez-vous pas dit hier que vous aviez déjà vu cette femme ?

- Oui... je vous l'ai dit... il y a plusieurs mois....

- Mais... mais... balbutia Alice en tentant de réfléchir.

En constatant l'état de confusion dans laquelle se retrouvait l'aubergiste, Mme Poussin s'affaira elle aussi à chercher des explications plausibles pour rassurer sa patronne. Elle suggéra :

- Peut-être a-t-elle l'habitude de prendre des marches le long de cette route. Il y des gens qui ont ce genre de pratique vous savez... Peut-être qu'elle fait une marche régulièrement et que, par hasard, il s'adonne que le jour où vous l'avez vue il lui est arrivé quelque chose de malencontreux...

- Alors pourquoi portait-elle la même robe que lorsque vous l'avez aperçue plusieurs mois plus tôt alors que c'était une toute autre saison ?

- Peut-être a-t-elle des troubles mentaux ? Elle s'était peut-être enfuie et s'était perdue ?

Les deux femmes sursautèrent alors que la sonnerie du téléphone retentit au salon. Alice prit le combiné. C'était un client qui désirait réserver une chambre. L'aubergiste prit ses coordonnées et vérifia la disponibilité dans son cahier d'enregistrement et termina l'appel. Mais aussitôt, elle reprit le combiné de téléphone, émit un léger soupir, et se résigna à appeler la police locale. Elle demanda à parler au constable Breton. On la fit patienter pendant de longues minutes. Puis, elle entendit la voix impatiente d'un homme au ton vif et empressé au bout du fil:

- Constable Breton à l'appareil.

- Euh, oui M. Breton... euh voici je m'appelle Alice Simoneau, vous m'avez arrêtée dimanche dernier je revenais du village de Du Vallon...

- Pour contester les amendes Madame il faut vous adresser à...

- Non... non... je ne veux pas contester, je veux avoir des nouvelles de la dame ? Vous savez ?

- La dame ? Quelle dame ? Il réfléchit quelques instants, puis, irrité, se mit à hurler dans l'appareil :

- Ah c'est vous ça ! Écoutez- moi bien ma p'tite dame ! Je ne sais pas à quoi vous jouez, mais il n'y avait personne sur cette route lorsque mes collègues sont allés faire leur patrouille ! Ils ont passé presqu'une demi-journée à fouiller les deux côtés de la route, en plus des fossés et les boisés avoisinants...Une perte de temps inimaginable... Imaginez de quoi j'avais l'air devant mes collègues, sans parler de...

- Personne ? Il n'y avait personne ? Vous êtes certain ? Ils n'ont peut-être pas tout....

- Madame ! Voyons ! Nous avons des procédures ! Ces gens sont des professionnels... Il n'y avait rien qui ressemblait à une femme en robe légère, je peux vous l'assurer... Maintenant vous m'excuserez, j'ai du travail. Il raccrocha.

Alice demeura un bon moment avec le téléphone entre les mains, l'air béat, sans réagir aux interrogations de Mme Poussin. Puis, émergeant de sa torpeur, elle regarda son assistante droit dans les yeux, l'agrippa par les épaules et se mit à la secouer en scandant du même rythme: il n'y avait personne, il n'y avait personne ! Elle fixait intensément Mme Poussin comme si elle eut été en mesure d'extraire du fond de son regard, une quelconque explication, un quelconque réconfort. La vieille dame se libéra doucement de l'emprise d'Alice et l'amena doucement à prendre place sur un des canapés du salon. Elle lui prépara un thé chaud et lui recommanda de se reposer alors qu'elle s'occuperait de la besogne du soir.

L'aubergiste suivit les conseils de son assistante et décida de se retirer dans sa chambre. Elle s'installa sur son lit et tenta de reprendre son calme et ses esprits en sirotant lentement son thé. Toutefois, elle n'arrivait tout simplement pas à penser à autre chose. Elle se mit à tourner et retourner toute cette histoire dans sa tête pendant près d'une heure, décortiquant chaque circonstance, chaque détail, pour en venir inévitablement à une conclusion, une réponse unique et incontournable : cette femme est un revenant... un spectre...! Elle murmura ces mots à voix haute comme si elle devait les sortir d'elle-même pour les recevoir.

Il lui revint à l'esprit des moments où, après la mort de sa sœur, elle avait eu l'illusion de l'apercevoir à quelques reprises. À l'époque, elle avait interprété ces visions comme étant le résultat d'hallucinations engendrées par le chagrin, la fatigue et la culpabilité et n'y avait pas accordé trop d'importance. Toutefois, cette fois-ci, la situation était totalement différente se disait-elle. Il n'existait en effet, aucun lien émotif, aucun état anxieux ou autre tourment qui aurait pu troubler son esprit au point où celui-ci eut pu lui jouer des tours et altérer sa perception des choses. Alors, dans les circonstances, pourquoi diable cette femme lui apparaissait-elle? Elle ne trouva aucune réponse à ses questions et au bout de quelques temps, exténuée, elle s'assoupit au creux de son lit et se mit à rêver.

Elle se retrouva aux temps et lieux de son cauchemar du matin. Elle se trouvait debout devant la marcheuse qui avançait vers elle sur ses genoux, ensanglantée et lui tendant le bras. Toutefois, quelque chose semblait différent cette fois-ci. Alice n'arrivait toutefois pas à identifier et saisir la nuance. Puis, après un moment, elle releva un détail singulier. La brume qui s'élevait derrière la femme n'en était pas. Il s'agissait plutôt d'une sorte de fumée. Une fumée dense et grise. Se rapprochant, Alice découvrit que cette fumée émanait d'une voiture qui était à demi-engagée dans le fossé. Elle fut pétrifiée de constater que cette voiture était en tout point identique à la voiture que possédait sa sœur Adèle avant sa mort. S'approchant encore, elle sentit son cœur se crisper alors qu'elle pouvait distinguer la plaque d'immatriculation. C'était le même numéro ! C'était effectivement, la voiture de sa sœur ! Alice était pétrifiée, elle se crispa puis se réveilla en criant : Adèle !

Il lui fallut quelques minutes pour reprendre son souffle et ses esprits. Après un bon moment, elle se leva, et réalisa qu'on frappait avec insistance à sa porte. Son assistante, ayant entendu des cris, s'était empressée, d'aller vérifier ce qui se passait.
- Mme Alice ! Mme Alice ! Vous allez bien ?
- Ça va Mme Poussin. J'ai fait un mauvais rêve… répondit fébrilement l'aubergiste en travers de la pièce.
Puis, elle se déplaça pour aller ouvrir la porte de la chambre, laissant poindre le visage inquiet de Mme Poussin.
- Oh ! Vous êtes toute pâle mon enfant ? fit la vieille dame.
- Mme Poussin, je dois retourner là-bas, je dois vérifier quelque chose… Est-ce que je peux vous laisser seule pour la soirée…
- Euh… eh bien… oui, mais vous n'avez pas mangé, il est presque dix-neuf heures…

- Je n'ai pas faim... Je vais essayer de revenir avant minuit si possible. Je vous remercie beaucoup de votre aide... Elle prit la main de son assistante et la plaça chaudement dans la sienne.

- Mais...

- Ne vous inquiétez pas... je vous raconterai tout plus tard... merci encore !

Elle fit un brin de toilette rapide, enfila son par-dessus, agrippa ses clefs et son sac à main et monta promptement à bord de sa voiture. Elle démarra en trombe en direction de la route 33. Une idée fixe l'obsédait, une hantise envahissante la submergeait. Elle devait revoir la dame. Elle devait la revoir dans les mêmes accoutrements, dans les mêmes circonstances. Ainsi, elle aurait la confirmation, la preuve sans équivoque, qu'il s'agissait bel et bien d'un spectre, d'une apparition. Peut-être aussi découvrirait-elle d'autres éléments, des indices, des signes, des réponses à ses questions. Y avait-il un lien à faire avec Adèle ? Ou est-ce que l'agitation des derniers jours l'avait plongée dans un tel cafouillis émotionnel que toutes ses pensées s'étaient entremêlées ? Elle devait retourner là-bas pour en avoir le cœur net.

Elle roulait à bonne allure sur la route qui s'enlisait lentement dans le crépuscule. Le ciel était néanmoins dégagé, et laissait entrevoir une lumineuse et ronde lune qui ondoyait au travers une cohue d'étoiles émergentes. Cette disposition des astres nocturnes procurait un subtil et utile éclairage. Alice songea que ces conditions s'avéraient idéales pour la chasse aux fantômes. Cette pensée la fit sourire et lui permit de se détendre un peu. Elle poursuivit sa route pendant plusieurs heures, scrutant et toisant avec attention les alentours. Elle passa et repassa à l'emplacement où elle avait aperçu la marcheuse, mais malgré tous ses efforts, toute sa vigilance, elle ne vit rien. Absolument rien. Il était près de deux heures dans la nuit lorsqu'elle se résolut à revenir à l'auberge, découragée et atterrée de déception. Une fois arrivée, elle s'écroula dans son lit et s'endormit aussitôt.

Au cours des semaines qui suivirent, Alice retourna régulièrement faire sa ronde de la route 33. Elle consacrait au moins trois jours par semaine à ses recherches mais revenait toujours bredouille. Et la nuit, elle rêvait. Toujours le même rêve, ce cauchemar. Pendant ce temps, Mme Poussin prenait patiemment la relève à l'auberge, bien qu'elle commençât à s'inquiéter du comportement de sa patronne. Elle devint d'ailleurs si préoccupée, qu'éventuellement elle se confia à son fils Georges, le policier, lui racontant toute l'histoire. Elle aurait bien voulu pourvoir discuter avec la principale intéressée, mais celle-ci était trop souvent absente ou trop occupée pour lui accorder du temps.

Un soir toutefois, les choses prirent une nouvelle tangente alors qu'un évènement inattendu se produisit. Alice arpentait la route 33 comme à l'habitude lorsqu'elle entrevit à une dizaine de mètres en avant, ce qui ressemblait à un morceau de tissu blanc. Elle ralentit et observa plus attentivement. C'était la robe! La robe blanche maculée de petits motifs orangers qui contrastait avec l'obscurité en bordure du chemin. C'était elle! C'était la femme, marchant de dos, avec la même démarche indolente, le même accoutrement.

Alice sentit sa gorge se nouer et ses tempes se contracter sous le martellement énergique des battements de son cœur. Elle avait peine à respirer, mais réussit à manœuvrer son véhicule afin de le placer vis-à-vis la dame. Elle baissa la fenêtre du passager afin d'apercevoir son visage mais il était dissimulé par les enchevêtrements de sa chevelure. Elle continua à suivre la marcheuse à vitesse réduite pendant quelques minutes lorsqu'elle constata avec dépit qu'elle commençait à fondre dans le décor jusqu'à ce qu'elle disparaisse ensuite complètement. Alice se rangea sur le côté et immobilisa son véhicule. Elle demeura immobile pendant un bon moment alors qu'elle s'efforçait d'absorber ce qui venait de se produire. Mais, tout à coup, elle fut extirpée de ses réflexions alors qu'elle constata avec effroi que la dame était assise à côté d'elle sur le siège du passager. Celle-ci était arrivée de nulle part et la regardait droit dans les yeux. Son visage tuméfié était déformé et livide, bien que souillé de sang, et ses yeux noirs étaient exorbités et empreints d'une lueur morbide.

« C'est moi que vous cherchez? »

Le spectre avait articulé ces paroles au travers une série de mouvements saccadés de la mâchoire et semblait se mouvoir au travers un décalage dans le temps. C'était comme si les coordonnées temporelle et spatiale de l'entité ne s'ajustaient pas tout à fait à notre dimension... Sa voix était distante et vague mais résonnait fortement dans l'habitacle de la voiture. Alice était stupéfiée et prit quelques secondes pour retrouver sa contenance et rassembler le courage qu'il lui fallait pour lui répondre.

- Que me voulez-vous ? Pourquoi vous manifestez-vous à moi ? dit-elle d'une voix faible et hésitante.

- Parce que tout ça c'est votre faute… c'est votre faute !! Par votre faute elle m'a fauchée !! Hurla-t-elle avant de disparaître à nouveau.

Alice tremblait et resta agrippée au volant de son cabriolet alors qu'elle essayait de décoder les paroles de la femme. Mais pour l'instant, tout ceci ne faisait pour elle aucun sens. Ma faute ? Ma faute ? Mais qui l'a fauchée ? Par ma faute ?? L'aubergiste n'y comprenait rien. Elle sentit une énorme lassitude l'envahir et décida de reprendre le chemin de l'auberge. Pendant tout le trajet du retour, elle demeura hantée et tourmentée par sa rencontre avec le spectre.

Il était près de minuit lorsqu'elle arriva à l'auberge et trouva Mme Poussin en pleine communication téléphonique avec ce qui paraissait être un membre de sa famille. Elle perçut à travers les bribes de la conversation, que son assistante s'entretenait avec son fils policier. Par discrétion elle se dirigea aussitôt vers la cuisine et entama la préparation d'un sandwich. Quelques minutes plus tard, Mme Poussin vint la rejoindre. Elle était animée d'une bizarre énergie et son visage semblait illuminé de malice. Intriguée Alice l'interpella :

- Qu'avez-vous Mme Poussin. Vous semblez bien hardie tout à coup !

- Je viens de discuter avec Georges mon garçon qui est policier, il m'a révélé des choses bien intéressantes. Assoyez-vous ma chère il devrait arriver d'une minute à l'autre…

- Comment ça ?

- Eh bien… en fait… vous savez je m'inquiète pour vous Madame Alice… enfin, je lui ai fait part de votre histoire avec la marcheuse et de votre discussion avec le constable Breton et… ce que je veux dire c'est que j'ai trouvé sa façon de vous répondre un peu brève et froide et j'ai demandé à mon fils de faire sa propre petite enquête sur toute cette affaire… figurez-vous donc que…

On sonna à la réception. Mme Poussin s'y rendit aussitôt. Alice aperçut, dans l'embrasure de la porte, un homme de grande stature qui faisait son entrée en arborant un large sourire. Il avait des dispositions joviales et paraissait très sympathique. Il embrassa chaudement sa mère et retira son casque alors que celle-ci l'entraînait avec elle vers la cuisine. Après de brèves présentations entre les Poussins et l'aubergiste, le policier s'adressa poliment à cette dernière :

- Mme Simoneau, d'abord je tiens à m'excuser pour l'attitude un peu sèche du constable Breton…Vous savez ce n'est pas pour l'excuser, mais ses collègues l'ont beaucoup taquiné avec cette histoire… et il ne travaille pas dans la région depuis très longtemps…

- Oui je comprends… euh… mais je vous assure que j'ai vu cette femme !

- Mme Simoneau, je vous crois, n'en doutez pas ! Vous savez lorsque ma mère m'a fait part de votre aventure, j'avais la vague impression d'avoir déjà entendu quelque chose de semblable, mais sur le moment je ne trouvais pas ce que c'était. Puis lors de mes temps libres, j'ai fait quelques visites à la salle des archives pour faire des recherches. J'ai trouvé quelque chose de très intéressant.

Le pouls d'Alice s'accéléra et ses yeux s'écarquillèrent alors qu'elle dévisageait le constable, animée par une intense curiosité. L'agent poursuivit :

- Il y a environ deux ans, une jeune femme a été trouvée morte dans un ravin sur la route 33. L'autopsie a démontré qu'elle avait probablement été abandonnée après avoir été renversée par une voiture. Le conducteur fautif n'a jamais été retrouvé. Et, Mme Simoneau…. La description que vous avez fait de la marcheuse, correspond à cette femme… Je me suis plus tard rappelé avoir reçu quelques témoignages de gens disant avoir aperçu la femme marcher sur la route après qu'on l'ait trouvée morte, mais j'avais complètement oublié ce fait… vous savez les gens racontent tellement de choses! Je n'avais pas dû les prendre au sérieux à l'époque…

Alice ressentit les poils de sa peau se hérisser sous la poussée d'un désagréable frisson. Les événements se confirmaient, mais plus encore, elle commençait à comprendre…

- Quelle était la date de l'accident M. Poussin ? demanda Alice d'un air songeur.

- Le 8 août, pourquoi ?

- Pour rien… vous m'avez aidé plus que vous ne pouvez l'imaginer M. Poussin. Je vous remercie infiniment.

- Ah bon ? Eh bien, j'en suis ravi. N'hésitez pas à me contacter si vous avez d'autres questions.

- Je n'y manquerai pas. Je vous remercie encore.

Mme Poussin lorgnait sa patronne d'un air ébahi s'interrogeant à savoir quelle partie de la conversation lui avait échappée. Alors qu'elle s'apprêtait à lui demander des précisions elle abandonna l'idée lorsqu'elle constata à quel point Alice était absorbée dans ses pensées. Elle s'abstint de la déranger et raccompagna son fils vers la sortie. Lorsqu'elle retourna à la cuisine elle trouva l'aubergiste dans le même état pensif. Après quelques instants celle-ci émergea quelque peu de sa torpeur pour se diriger vers sa chambre. Alors qu'elle se déplaçait en direction de Mme Poussin, elle remarqua la présence de son assistante et l'informa nonchalamment, qu'elle allait se coucher et qu'elle la reverrait à l'heure habituelle le lendemain. Mme Poussin, quelque peu vexée, excusa tout de même l'attitude de la jeune femme se disant qu'elle avait bien besoin de repos. Elle se promit toutefois d'avoir une bonne conversation avec elle le jour suivant.

Alice traîna son corps empesé avec peine jusqu'à sa chambre où elle le laissa choir tel une tonne de briques sur le lit. Elle se pelotonna en boule et se mit à pleurnicher doucement en murmurant à travers ses pleurs : Adèle ! Adèle… Des images lui revinrent en tête de cette journée du huit août, près de deux ans plus tôt, où elle avait vu pour la dernière fois sa sœur cadette. Elles s'étaient donné rendez-vous dans un restaurant sur une route de campagne, près de DuVallon. Mais au cours de la soirée, elles s'étaient disputées au sujet de l'homme qu'Adèle fréquentait, un certain Robert. Alice avait fait part à sa sœur du fait qu'elle jurait avoir aperçu cet homme avec une autre femme dans un bar de la ville et elle avait de surcroît de bonnes raisons de croire qu'il avait de sérieux problèmes d'alcool et de jeux.

Adèle n'appréciant pas du tout l'intrusion de sa sœur dans ses affaires s'était emportée, et la conversation avait pris une tangente belliqueuse. Le ton monta alors que la dispute se déployait, et ultimement, Adèle entra dans une grande colère et repartit en trombe laissant sa sœur derrière elle. Alice pensa qu'il était extrêmement téméraire qu'elle prenne sa voiture dans l'état d'ivresse et de rage dans lequel elle se trouvait, puisqu'elle se mettait en situation de provoquer un accident... ou pire... de se tuer... ou tuer quelqu'un...

Et c'est exactement ce qui est arrivé, soupira Alice avec tristesse alors qu'elle émergeait de ses souvenirs. Et six mois plus tard songeait-elle, rongée par la culpabilité, elle s'est donnée la mort. Ou était-ce parce que cet affreux Robert, l'avait laissée après lui avoir fait endurer une série d'offenses impardonnables ? Alice se dit qu'elle ne le saurait probablement jamais. Mais une chose était sûre, elle pourrait certainement mieux dormir à partir d'aujourd'hui, et c'est ce qu'elle fit jusqu'au lever du jour.

L'ÉPREUVE

Septembre venait d'installer ses vaporeuses nuées sur les routes rurales de la Vallée noire, lorsque William Rousseau s'y hasarda. Il souffrait d'insomnie depuis la mort récente de sa femme et préférait utiliser son temps à de meilleurs desseins que ceux de malaxer en tous sens les draps de son lit. Il lui arrivait à l'occasion d'aller prendre l'air lors de ces pénibles épisodes d'éveil forcé, toutefois les randonnées se limitaient habituellement aux confins de son quartier. Les raisons pour lesquelles il décida en cette nuit précise de s'aventurer dans cette fameuse vallée lui sont jusqu'à ce jour nébuleuses, mais elles étaient certainement en lien avec le fait que plusieurs de ses patients avaient mentionné cet endroit…

William était psychiatre de profession et se spécialisait dans le traitement des chocs post-traumatiques. Il traitait plusieurs militaires ou policiers, mais également des individus ayant subi des agressions, des viols, des accidents ou tout autre traumatisme les ayant propulsés dans un état psychologique précaire. Le Dr Rousseau classait ses patients en deux catégories, soit ceux qui avaient subi des chocs bien réels concrets et vérifiables, et ceux qui vivaient des chocs d'origine, disons, imaginaires ou non vérifiables. En effet, d'après lui, certaines gens ayant vécu des épreuves très difficiles au cours de leur enfance pouvaient être amenés à refouler ces souvenirs et se mettre à raconter des histoires tout à fait farfelues afin d'expliquer l'état névrotique dans lequel ils se trouvaient. Selon le Dr Rousseau cette façon qu'avait l'esprit de s'auto-mystifier s'avérait simplement être un mécanisme de défense.

La première fois où le psychiatre entendit parler de la Vallée noire, était lors de l'écoute du récit d'un des patients de la deuxième catégorie. L'outil thérapeutique de prédilection du Dr Rousseau étant l'hypnose, il avait endormi ce patient afin d'aller sonder son esprit en profondeur espérant découvrir la cause exacte de sa névrose. Le patient lui raconta alors une histoire complètement invraisemblable impliquant des ovnis et des extra-terrestres, des enlèvements et balivernes du genre. William avait alors identifié le fameux mécanisme de défense de son client et se disait qu'il pourrait être difficile de faire surgir la vérité, puisque même dans l'inconscient l'esprit de son client se leurrait. Il avait toutefois noté dans ce récit quelque chose de vraisemblable. La description du lieu, la Vallée noire, un endroit apparemment fabuleux qui lui avait été décrit également par d'autres patients en des termes similaires lors d'entretiens antérieurs. Cet élément particulier avait dû le fasciner plus qu'il ne le croyait pour qu'ainsi, il ressurgisse de son inconscient au moment le plus inopportun tel que cette nuit de septembre lors d'un épisode d'insomnie.

Il connaissait vaguement l'endroit comme tout le monde, mais n'y avait jamais mis les pieds de sa vie. C'était une vallée perdue aux lisières d'une région montagneuse étalée sur plusieurs kilomètres et dont les terres se trouvaient à plus de deux heures de route de chez lui. Il s'y rendit dans un temps record puisqu'à cette heure de la nuit les routes étaient libres de trafic et de surveillance policière... Alors qu'il s'approchait, il commença à retrouver certains des éléments décrits par ses patients. D'immenses prés ondulants de chaque côté de la route formant une sorte de cuve arborant des teintes telluriennes. Au loin, un lac serpentant les bordures d'un relief étalé semblait-t-il, à perte de vue. Et en cette nuit, malgré la brume légère, un ciel illuminé d'une multitude d'étoiles d'une taille démesurée. Le paysage était époustouflant de beauté.

William gara sa voiture sur le rebord de la route et s'aventura à pied. L'air était frais et vivifiant. Il se sentit empli d'une calme énergie et eut l'impression que son cœur battait au rythme du scintillement des étoiles qui lui offraient un spectacle d'une grandeur surnaturelle. Il poursuivit sa route en s'aventurant plus en avant dans les terres jusqu'à aboutir à l'orée d'une petite forêt. Lorsqu'il se retrouva sous les arbres, il fut pris d'une envie incontrôlable de dormir ce qu'il fit après avoir placé son pardessus sur le sol, en guise de couverture.

Il ne se réveilla que plusieurs heures plus tard à l'approche de midi. Lorsqu'il réalisa l'heure qu'il était, il se précipita afin de retrouver sa voiture puisqu'il avait un rendez-vous professionnel à treize heures trente. Il reprit la route et roula à toute vitesse jusqu'à l'autoroute où il se retrouva coincé dans un embouteillage. Le temps passait et le Dr Rousseau commençait à craindre de manquer ce rendez-vous. Alors qu'il était immobilisé dans son véhicule, il réalisa qu'il se sentait exceptionnellement reposé et serein. Il scruta le reflet de ses yeux dans son rétroviseur pour constater que les énormes cernes qui affublaient habituellement son regard étaient presqu'inexistantes et qu'une lueur de plénitude émanait de lui. Il ne comprenait pas comment il ne pouvait se rappeler s'être assoupi alors qu'il avait coutume de prendre au moins quelques heures pour s'endormir d'un sommeil qui en fait était léger et superficiel et entrecoupé de réveils fréquents plus ou moins prolongés. Toutefois, il appréciait le changement et se promit de retourner dans cet endroit particulier lorsqu'il aurait plus de temps à y consacrer.

Malheureusement, il manqua son rendez-vous, mais étrangement, cela ne l'affecta nullement. Cet événement bien que fâcheux, était trop insignifiant pour troubler sa quiétude. Il appela simplement son client pour lui offrir ses excuses et fixer une autre date.

Dans les jours qui suivirent, le psychiatre continua à dormir de façon paisible puisqu'apparemment, ses problèmes d'insomnie se dissipaient et il conclut que la visite de la Vallée Noire y était peut-être pour quelque chose. Il décida qu'il devait absolument retourner dans cet endroit singulier, ce qu'il fit environ quinze jours après sa première visite. Il remarquait que sa santé, sa joie de vivre et son état d'esprit en général semblaient s'améliorer à chaque excursion. Il prit donc l'habitude, au cours des mois qui suivirent de s'y rendre de façon régulière.

Puis un certain soir quelque chose de particulier se produisit. C'était un Jeudi, William avait prit la direction de la vallée après sa journée de travail. Il s'était arrêté en route pour prendre un repas rapide ce qui le retarda suffisamment pour faire coïncider son arrivée avec le coucher du soleil. Le spectacle était splendide. Des rouges et des pourpres entremêlés se couchaient en banderoles nébuleuses sur le fond bleuté du ciel. Il décida de garer sa voiture et de continuer à pied afin de mieux profiter du paysage. Il tenta de reprendre le chemin qu'il avait emprunté à sa première visite afin de retrouver la petite forêt pour en faire le point de départ d'une nouvelle exploration.

Il marcha pendant près de trente minutes avant de se retrouver devant ce qui semblait être la forêt de la première nuit, sans toutefois être convaincu qu'il s'agissait du même endroit. Il alla plus à l'avant vers les arbres mais s'arrêta net lorsque ses oreilles se mirent à bourdonner, assaillies par un vrombissement insupportable et envahissant. Le bruit en question pénétrait en fait non seulement ses oreilles, mais tout le corps et l'esprit, il s'infiltrait par tous les pores de la peau, tous les tissus, tous les nerfs, toutes les cellules et semblait les synchroniser à son diapason. Le bourdonnement ne cessa que quelques minutes plus tard après s'être transformé en un son très aigu qui disparu aussi subitement qu'il était apparu.

William avait plaqué ses mains sur ses oreilles pendant tout ce temps de sorte que lorsque le phénomène sonore cessa, il se trouvait encore dans cette position, et resta figé ainsi, pendant quelques instants. Il se sentait étourdi et fébrile suite à cette agression vibratoire et il ressentit une forte nausée l'envahir. Alors qu'il cherchait un point d'appui sur un arbre afin de reprendre son souffle et ses esprits, il aperçut au loin une lueur éblouissante. Il reprit péniblement son équilibre et s'approcha un peu afin d'identifier la source de cette lumière. Ce qu'il vit alors était complètement ahurissant. À quelques mètres de lui, au niveau de la cime des arbres, se trouvait un énorme vaisseau aux reflets métalliques.

Cet appareil prodigieux composé de matériaux inusités ressemblait à un disque gigantesque de couleur grisâtre et luisante qui devait faire près d'un demi-kilomètre de diamètre. Le dôme supérieur émettait des lueurs qui semblaient survoltées d'énergie et la partie inférieure baignait dans une sorte de plasma vert émeraude luminescent. À travers toutes ces lumières incandescentes William crut en percevoir une autre, plus subtile qui semblait se déplacer en sa direction. Les contours de cette étrange lumière commençaient à se préciser alors qu'elle s'approchait et le psychiatre put entrevoir vaguement une forme humaine se déplacer à l'intérieur de ce halo devenu désormais extrêmement lumineux.

Le cœur du Dr Rousseau battait à tout rompre et semblait résonner au niveau de sa gorge jusqu'aux tempes alors qu'il discernait clairement une créature humanoïde prendre forme devant ses yeux. Il s'approcha pour mieux la voir et constata qu'il s'agissait presque d'une... une femme... Il s'agissait indéniablement d'une créature femelle, toutefois elle était affublée d'une stature exceptionnelle. En effet, elle dépassait le Dr. Rousseau d'environ deux pieds et bien qu'elle semblât démesurée, son corps paraissait svelte et harmonieux sous la robe vaporeuse qui l'enveloppait. Ses cheveux étaient d'une blancheur immaculée ainsi que son visage qui semblait fait de la plus délicate porcelaine. Mais ce visage, d'une beauté exceptionnelle, possédait des traits qui déviaient quelque peu des normes humaines.

En effet, les yeux de la créature étaient complètement rouges et se trouvaient quelque peu écartés par rapport à la moyenne, son crâne oblong, s'inclinait légèrement vers l'arrière et son nez, minuscule, arborait des narines presqu'invisibles. Toutefois, malgré ces étranges particularités, sa beauté était éblouissante. Alors qu'il l'admirait, le psychiatre se sentit envahi d'une sorte de profond sentiment amoureux, un sentiment aussi intense qu'irrationnel. L'entité le regardait avec une douce bienveillance et semblait chercher à communiquer avec lui. Le Dr Rousseau réalisa après quelques instants que la créature, effectivement, lui parlait. En fait elle n'articulait aucun mot, elle s'adressait plutôt à lui directement par la pensée, par voie télépathique semblait-il.

Ce qu'elle raconta était complètement inouï. Elle venait d'ailleurs, ne lui voulait aucun mal, voulait faire des expériences, de la génétique, avait besoin d'ADN, expériences importantes, laboratoires dans le vaisseau, seulement quelques heures. Les informations semblaient s'entasser dans la tête du Dr Rousseau qui avait du mal à assimiler et admettre toutes ces données. Puis ultimement il se mit à réfléchir à la situation, tentant de prendre du recul, et se mit soudainement à rire de façon incontrôlable. C'est un rêve ! Je suis en train de rêver... Oh mon pauvre William, tu t'es encore endormi dans la forêt et tu... rêves !!!

Un 'NON' catégorique raisonna dans son esprit et au même moment, la femme se retourna et se dirigea vers la machine volante. Bien que l'engin lui parut quelque peu menaçant, le Dr Rousseau ne pouvait s'empêcher de suivre l'étrangère vers l'appareil, incapable de lui résister, comme si il eut été plongé dans une sorte de transe hypnotique. Alors qu'il ne se trouvait qu'à quelques mètres de l'immense vaisseau, le psychiatre aperçut l'une de ses portes s'entrouvrir et il vit alors s'avancer une autre créature. Celle-ci était toutefois diamétralement opposée à la première. C'était un frêle et minuscule bipède de couleur grisâtre, qui possédait une peau dont la texture et la couleur s'apparentaient à celles des dauphins. Il était doté d'immenses yeux noirs qui étaient nichés sur une tête disproportionnée par rapport à la structure chétive de son corps.

Le psychiatre se souvint aussitôt qu'un de ses patients lui avait décrit en tout point cette créature lors d'une séance d'hypnose. Le patient en question s'était retrouvé dans un état de panique incontrôlable lorsqu'il avait relaté les détails d'une expérience qui impliquait des tests physiques extrêmement pénibles et douloureux. Alors qu'il se remémorait cet entretien, le Dr Rousseau ressentit une profonde angoisse l'envahir et se mit à s'affoler, ne souhaitant qu'une chose, s'éloigner le plus loin possible de cet endroit maudit. Mais alors qu'il tentait de déguerpir de toutes ses forces, il réalisa qu'il lui était impossible de bouger. Il était paralysé. Et plus il se débattait, mentalement, plus son corps s'engouffrait dans une catalepsie hors de son contrôle. Puis, il vit la créature grise s'approcher davantage jusqu'à ce qu'elle pose la main sur son front, et… ce fut le noir total. Il s'évanouit.

Lorsqu'il reprit conscience, il se trouvait couché au pied d'un arbre, les yeux rivés sur le ciel qui, en éveil, affichait les couleurs de l'aube. Plusieurs heures s'étaient écoulées depuis sa défaillance de la veille, et il lui fallut quelques minutes pour se situer dans l'espace-temps. Il tenta tout d'abord de se relever mais réalisa que son corps, courbaturé, était constellé de légères blessures et ecchymoses. Étonné, il se mit à réfléchir à ce qui aurait pu le mettre dans un tel état et progressivement, il se remémora les événements de la veille. Son cœur se crispa lorsqu'il pensa à la machine volante et aux créatures et se mit à vérifier nerveusement les parages croyant qu'elles s'y trouvaient toujours. Mais il était seul.

Il tenta de se concentrer afin de récupérer ses souvenirs mais il était incapable de se remémorer ce qui s'était passé suite à la rencontre avec l'humanoïde gris. Tout ce dont il se souvenait était le fait que la nuit venait tout juste de tomber lorsque les événements survinrent et donc, il ne pouvait comprendre où s'étaient envolées toutes les heures qui suivirent. Comment pouvait-il s'être trouvé inconscient pendant si longtemps, où encore plus étrange, comment avait-il pu s'endormir alors qu'il vivait une expérience aussi prodigieuse ! Le mystère était total.

William secoua la tête avec résignation et entreprit l'examen de sa personne. Ses vêtements étaient sales et déchirés par endroit, et il ne portait plus de chaussures. Il avait de la difficulté à bouger comme si tous ses membres étaient endoloris et certaines régions de son corps étaient très sensibles, telles que l'intérieur de son nez, son torse et son avant-bras. En observant de façon plus minutieuse, il constata que le contour de son nombril, son genou droit et son avant-bras gauche étaient marqués de minuscules cicatrices rougeâtres. Il ne comprenait pas l'origine de ses blessures ou de ses malaises et se sentait complètement épuisé, désorienté et étourdi et n'avait qu'un souhait, se retrouver chez lui pour se reposer.

Il se dirigea vers la lisière de la forêt et passa près de l'endroit où la machine s'était trouvée la veille, et il constata qu'à cet emplacement, les herbes s'étaient totalement affaissées formant une sorte de tourbillon à l'intérieur d'un énorme cercle. Il palpa l'endroit et découvrit qu'il était chaud, bien que l'air ambiant fut frais, et ressentit une sorte de statique autour de la zone encerclée comme si il s'y trouvait une source de tension électrique. Il n'y avait aucun doute, il avait bel et bien fait l'expérience d'une rencontre avec un vaisseau non identifié et d'étranges créatures venues d'ailleurs, puisque les preuves tangibles étaient encore chaudes…

Le Dr Rousseau ressentit un déplaisant sentiment de culpabilité s'infiltrer en lui alors qu'il songeait aux patients qui s'étaient confiés à lui, lui racontant des récits similaires à ce qu'il venait de vivre. Il réalisait aujourd'hui à quel point il avait manqué d'empathie et de compassion, les jugeant comme des illuminés, des névrosés peu crédibles ou des hypersensibles un peu rêveurs. Jamais n'avait-il considéré, ni même un tant soi peu, la possibilité que ces histoires puissent être véridiques, et que peut-être, la réalité et la magnitude de la création pouvait se situer bien au-delà de ses propres repères, de ses propres connaissances limitées. Au lieu de leur porter secours comme il aurait dû, au lieu d'honorer leur confiance, se livrant comme ils l'avaient fait en toute candeur, en toute humilité, et surtout en toute vulnérabilité, il les avait discrédités. Il ressentait une immense amertume et considérait que la vie venait de lui envoyer une leçon qu'il méritait certainement.

Il se rendit péniblement vers sa voiture qu'il retrouva affublée d'une contravention pour stationnement interdit. Toutefois, son niveau de tension nerveuse ayant déjà atteint ses limites, il ne fit que grommeler nonchalamment avant de prendre place sur son siège et d'entreprendre le chemin du retour. Une fois chez lui, il dormit pendant plusieurs heures au cours desquelles il fit des rêves sinistres et étranges. Il revoyait les créatures de la veille se penchant vers lui comme si il eut été couché sur un lit, apparaissant de façon intermittente au travers un méli-mélo d'images et d'impressions.

Lorsqu'il se réveilla, en sursaut, la dernière image qu'il aperçut fut celle de la créature grise lui enfonçant une longue tige dans le nez. La douleur qu'il ressentait dans son rêve était telle qu'elle l'extirpa de son sommeil. Le Dr Rousseau fit le lien entre la douleur qu'il ressentait dans ses narines et ce rêve, toutefois il supposa que le mal n'avait été que transposé et rationnalisé dans le rêve. Néanmoins, il était perplexe. Il pensait encore à ce patient qui lui avait raconté des histoires d'enlèvement et de test douloureux… Il avait même parlé d'implants ! Dieu qu'il trouvait ces histoires ridicules et grotesques à l'époque ! Mais que devait-il penser de tout cela aujourd'hui ? Faisait-il lui-même un transfert de ces informations dans son inconscient, ou est-ce que de véritables souvenirs ressurgissaient au cours de son sommeil ? Après tout, plusieurs heures de sa vie avaient été perdues, effacées de sa mémoire au cours de cette fameuse nuit. Aurait-il subi ce genre d'examen aux mains des créatures ? N'avait-il pas sur le corps des marques étranges qui n'étaient pas présentes avant la rencontre ?…

Il n'y avait qu'un moyen d'obtenir des réponses à ses questions. Il devait entrer en régression sous hypnose.

Le Dr Rousseau prit quelques jours avant d'appeler un collègue pour demander de l'aide. En effet, plusieurs éléments mettaient un frein à ses démarches, dont la peur du ridicule, la honte, la peur de passer pour fou, la peur du rejet ainsi que… son état de santé. En effet, il souffrait d'une sinusite, de nausées, de problèmes digestifs et d'étourdissement et ses problèmes d'insomnie redevenaient récurrents puisque ses nuits étaient saturées de cauchemars. Mais ses malaises physiques n'étaient rien en comparaison de la crainte qu'il ressentait face à la possibilité de perdre sa crédibilité professionnelle. Après tout, s'il sollicitait de l'aide, il serait sensiblement perçu de la même façon dont il avait lui-même évalué ses patients. Il connaissait bien la mentalité des psychiatres qui étaient d'ailleurs pour la plupart encore moins ouverts que lui, ce qui n'était pas peu dire, il le réalisait maintenant.

Toutefois, il prit la décision, à contrecœur, d'appeler son amie Evelyne Delafontaine afin de prendre rendez-vous après quelques trois semaines de réflexion et une aggravation fulgurante de ses symptômes. Evelyne était une consœur d'université qu'il affectionnait particulièrement et qui possédait, d'après lui, une certaine ouverture d'esprit ainsi qu'une grande capacité d'empathie. Il réussit à obtenir un rendez-vous pour la semaine suivante. Ce délai allait lui permettre, se disait-il, de se préparer mentalement à l'étalage de ses états d'âmes et de ses péripéties occultes.

William n'avait pas repris le travail depuis les événements de la rencontre et il prolongea son congé pendant la semaine précédent son rendez-vous chez le Dr Delafontaine. Il profita de ce temps libre pour fouiller la littérature ufologique. Il ramassa tout ce qu'il pouvait dégoter sur le sujet, que ce soit dans les magazines, les livres et même sur internet. Il découvrit qu'il existait une quantité incroyable d'informations reliées à ces phénomènes et que des récits semblables au sien étaient légions. Il aperçut même à quelques reprises des croquis de créatures qui ressemblaient en tout point à celles qu'il avait rencontrées. Et les témoignages qu'il avait recensés, provenaient de toutes les époques et de toutes les régions du monde.

114

Alors que le Dr Rousseau approfondissait ses recherches, la certitude qu'il avait fait la rencontre de visiteurs de l'espace se consolidait, et étouffait les doutes qui parfois le tourmentaient. Ses appréhensions face à son rendez-vous thérapeutique s'étaient quelque peu calmées suites à ses multiples prospections, mais lorsque la journée fatidique arriva, William se sentit fébrile dès le matin. À mesure que la journée avançait, il tentait de se persuader qu'il était bien documenté et préparé pour convaincre la thérapeute de la véracité de ses propos. Ensemble, se disait-il, ils seraient en mesure d'investiguer la question de façon plus approfondie et de trouver une explication pour les heures disparues et peut-être même éventuellement, faire la démonstration à la communauté scientifique de l'authenticité de ces phénomènes !

Il arriva quelques minutes à l'avance au cabinet du Dr Delafontaine en début d'après midi, et s'installa dans la salle d'attente. Lorsqu'il fut appelé, il ressentit une légère agitation l'envahir qu'il tenta de calmer en se disant qu'il n'allait que discuter avec une amie. Dès qu'Evelyne ouvrit la porte de son bureau, William se dirigea vers elle prestement pour lui faire une chaleureuse accolade qu'elle lui rendit bien. Ils prirent place un face à l'autre dans de confortables fauteuils de cuir noir et la femme prit la parole :

« Alors comment vas-tu William ?

- Je vais... je vais bien, je... j'ai vécu quelque chose de très particulier récemment et je voulais en discuter avec toi.

- Est-ce relié à la mort de Carole ? Ton deuil est-il plus difficile que prévu ?

- Euh non. En fait, oui mon deuil n'est pas facile, mais j'arrive à m'occuper pour me changer les idées et tenir le coup. Tu sais comme j'adore mon travail... non en fait ce dont je veux te parler est très particulier et je dois t'avouer que j'appréhende quelque peu ta réaction.

- Eh bien n'appréhende rien. Tu sais que tu peux me faire confiance alors je t'en prie ne te mets aucune barrière, je suis là pour t'aider William, autant à titre de thérapeute qu'à ton amie...

William lui sourit gentiment et entreprit le récit de ses péripéties. Il scrutait périodiquement le regard d'Evelyne alors qu'il relatait les événements à travers un débit rapide et nerveux qu'il entrecoupait fréquemment de pauses afin d'essuyer son front suintant de sueur. Il lui fallut environ trente minutes pour exposer son histoire dans son intégrité et pendant tout ce temps, il ne put déceler aucune réaction notable de la thérapeute. Lorsqu'il eut terminé il y eut un long silence que William brisa afin de dissiper le malaise.

- Alors qu'est-ce que tu en penses ?   dit-il quelque peu appréhensif.

- Eh bien… William… je…

- Écoute je ne suis pas fou ! Et je ne suis pas menteur ! J'ai moi-même entendu ce genre de récit à plusieurs reprises et j'ai toujours pensé à un transfert suite à un choc émotif et…

- William tu es en deuil ! Et comme moi tu sais que la raison peut nous transporter dans de très sombres lubies lorsque l'on souffre… Un simple mécanisme de défense de l'esprit…

Alors que ses pires appréhensions se concrétisaient, le cœur de William battait à tout rompre dans sa poitrine sous la montée d'intenses sentiments de frustration et d'humiliation. Il ne se sentait ni la force ni l'envie de se lancer dans une fougueuse tirade afin de se défendre et se sentit profondément triste et désemparé devant celle qu'il avait considéré comme son seul appui potentiel.

La Dre Delafontaine décela son désespoir et s'approcha de lui en lui prenant la main. William nous pouvons entreprendre une psychothérapie afin de t'aider à traverser ton deuil. J'ai tellement de peine de te retrouver dans cet état. J'aurais du t'appeler plus souvent lorsque j'ai appris la mort de Carole, mais tu sais avec tout le travail et…
- Evelyne… ce que je t'ai raconté est réellement arrivé. J'ai trouvé des preuves tangibles tant sur mon corps que sur le lieu de rencontre… Il y a des milliers de témoignages de personnes racontant sensiblement les mêmes événements! Écoute… je suis épuisé, j'ai mal à la tête et je suis déçu… terriblement déçu… je ne sais

plus où j'en suis… il pencha sa tête et se mit à sangloter fébrilement.

La psychiatre lui offrit un mouchoir et posa ses mains sur ses épaules, puis lui dit calmement:

- D'accord, William. Je vais essayer de saisir ton point de vue et nous allons évaluer ensemble dans quelle mesure toutes ces choses peuvent ou non s'expliquer de façon rationnelle tu veux bien ?

- Je ne pense pas avoir l'énergie de convaincre qui que ce soit. Je veux simplement savoir ce qui m'est arrivé au cours des heures que j'ai perdues et comprendre pourquoi je suis dans un état de santé aussi pitoyable. Je veux qu'on m'explique pourquoi j'ai des cicatrices sur le corps et pourquoi il y avait un énorme cercle à l'endroit où j'ai vu un vaisseau, puisque ce vaisseau est imaginaire ?

La Dre Delafontaine était d'avis que William avait pu créer ces preuves de toutes pièces, mais elle ne fit aucun commentaire en ce sens afin de ne pas le perturber d'avantage.

- Je ne sais pas William, c'est ce que nous pourrons tenter de comprendre avec un peu de travail…

William regardait sa consœur avec lassitude. Il reconnaissait en l'écoutant ses propres paroles, sa propre condescendance et sa propre arrogance suffisante, tout comme cette détestable conviction de détenir la vérité. Il avait la nausée. Il se leva avec l'intention de quitter, lorsque la Dre lui dit :

- Je pense que tu devrais d'abord aller faire un bilan de santé, bien t'alimenter et prendre des calmants pour dormir. Et ensuite, si tu le veux, nous pourrons entreprendre une investigation. Ce sera comme tu voudras…

- D'accord, répondit-il nonchalamment, je vais y penser. Puis il se retourna : s'il te plaît ne parle de cela à personne et surtout pas à nos collègues !

- Mais évidemment que je n'en parlerai à personne. Prends soin de toi et appelle-moi si tu en sens le besoin.

Il quitta sans se retourner.

Les semaines qui suivirent s'avérèrent excessivement difficiles pour William qui ressentit le poids de sa solitude l'affecter plus que jamais. Non seulement était-il isolé en raison de son veuvage récent, mais il avait l'impression de devenir un paria, un incompris, un aliéné du pire acabit. Jamais il ne s'était senti aussi marginal, lui qui pourtant autrefois dictait et décrétait des lignes de conduites, lui qui balisait les normes de la rationalité, lui qui pouvait prescrire l'équilibre mental. Aujourd'hui il se retrouvait de l'autre côté du pré sachant pourtant qu'il était le même homme. Il ne pouvait nier ce qu'il avait vécu, il ne pouvait l'oublier ni l'occulter. Il devait donc l'accepter et le sublimer afin d'en retirer quelque chose de positif et de constructif. N'avait-il pas choisi la médecine afin de se sentir utile, de servir l'humanité ?... En plus évidemment de recevoir par la même occasion une bonne dose de prestige et un excellent salaire…

Après plusieurs jours de rumination malsaine, le Dr Rousseau trouva finalement en lui la force de réagir et décida de ne pas se laisser abattre. Après tout il n'était pas fou, il en était convaincu, et il ne souhaitait assurément pas le devenir. Il planifia donc de prendre rendez-vous chez son médecin afin de passer une batterie de tests pour évaluer son état physique et prit ensuite l'initiative de contacter tous les anciens patients qui avaient vécu son expérience. Leurs récits s'avéreraient certainement beaucoup plus intéressants à la lumière de son nouvel entendement.

Après quelques heures de recherche dans ses archives, le Dr Rousseau répertoria six cas du genre au cours de ses trente années de pratique. Il dénombrait quatre femmes et deux hommes dont l'âge se situait entre dix-neuf et soixante-deux ans à l'époque. À l'aide de différents bottins et de l'internet il dressa une liste de leurs coordonnées afin de les contacter. Il consacra près d'un avant-midi à faire des appels ou des suivis et constata que seules deux personnes s'avéraient accessibles. En effet l'une des femmes et le doyen du groupe étaient décédés, une autre femme vivait en Australie, et l'autre était internée dans une institution psychiatrique. Il avait réussi à rejoindre une dame d'une cinquantaine d'année et un jeune homme dans la trentaine qui habitaient toujours la région et les invita pour un diner intime au cours de la semaine suivante. Bien qu'intrigués, ils acceptèrent tous les deux.

Entre temps le Dr Rousseau eut l'occasion de consulter son médecin qui le référa pour des prélèvements de sang ainsi qu'une radiographie des sinus. Il s'empressa de se présenter pour ces analyses puisque l'état de ses sinus ne s'était guère amélioré depuis quelques temps et qu'il craignait une infection chronique. Dès le surlendemain, William reçut un appel du cabinet du médecin qui voulait le rencontrer le plus tôt possible. Inquiet, le psychiatre s'y rendit aussitôt.

La salle d'attente était bondée et William avisa la secrétaire de sa présence en précisant qu'on l'attendait. Celle-ci l'invita à prendre place en l'assurant qu'il serait le prochain en liste pour voir le Dr Roy. Il ne s'écoula que quelques minutes avant que son médecin ne se pointe pour l'accueillir. Ils échangèrent une franche poignée de main et prirent place dans le bureau. Le Dr Roy rassura toute de suite son patient sur le fait que ses prises de sang n'avaient rien révélé d'inhabituel, puis sans prendre de détour, lui demanda s'il avait dans le passé subi une intervention chirurgicale dans la tête ou dans les sinus. Étonné par cette question, William répondit qu'il n'avait jamais subi d'intervention de quelque sorte que ce soit à part l'ablation de ses dents de sagesse.

- Vous en êtes absolument certain William ?

- Mais… mais bien sûr que j'en suis certain ! Je crois bien que je m'en rappellerais non ? Ça doit faire mal comme l'enfer ce genre de truc ! Pourquoi demandez-vous ça ?

- Eh bien, sur vos radios on peut voir au niveau de votre sinus sphénoïdal droit un petit objet triangulaire d'apparence métallique. On dirait un dispositif électronique, un genre de puce ou quelque chose du genre, mais je n'arrive pas à identifier ce que ça peut être.

William était complètement abasourdi… Un quoi ?… une puce ? Ses pensées se bousculaient et s'entremêlaient dans sa tête et une idée fixe finit par s'imposer dans son esprit. Il se souvint qu'il avait ressenti des douleurs au niveau de son nez le matin suivant la rencontre avec les créatures et il se souvenait avoir parcouru plusieurs articles dans la littérature ufologique qui faisaient allusions à des implants. Des implants placés de façon délibérée dans le corps des humains pour les traquer, comme les hommes le font eux-mêmes pour retracer les animaux sauvages qu'ils veulent étudier.

- Puis je voir ces radios s'il-vous-plaît ? demanda le Dr Rousseau.

- Bien sûr ! Vous voyez ici ce petit objet ? Le Dr Roy pointa l'emplacement exact de la chose sur le cliché noir et blanc. Je n'ai jamais rien vu de tel ! Qu'est-ce que cela peut-être ? ajouta-t-il perplexe.

William distingua de façon très nette, un minuscule objet qui semblait incrusté sur la base de sa cavité sinusoïdale. C'était inespéré !... Une preuve ! Une preuve tangible ! Le Dr Rousseau était fou de joie. Il s'empara du cliché et demanda à son médecin s'il pouvait conserver cette copie. Ce dernier n'y vit pas d'objection mais ne comprit pas la réaction de son patient. Mais, vous ne voulez pas que nous investiguions ? Et votre sinusite ? lui demanda-t-il ahuri.

- Tout va très bien, je vais bien... euh... je vous recontacterai si mon état s'aggrave. Merci pour tout. Il quitta sans plus d'explications.

Le Dr Rousseau comprenait maintenant ce qui lui était arrivé pendant les quelques heures qui étaient disparues lors de cette fameuse nuit et il n'avait aucune intention d'en discuter avec quelque médecin ou thérapeute que ce soit, redoutant évidemment le type d'accueil qu'il pourrait recevoir. Toutefois la découverte de cet implant venait raffermir ses convictions et revigorait son moral abattu.

Au cours des jours suivants, le psychiatre s'affaira à organiser les préparatifs en vue de sa réception avec ses anciens patients. Il souhaitait les traiter aux petits soins afin de racheter son manque de discernement, apaiser les remords qui le tenaillaient, mais également ressentir une reconnaissance, un sentiment d'appartenance, un support moral et peut-être en apprendre plus sur un sujet qui maintenant le fascinait...

On sonna à la porte vers dix-neuf heures. C'était la dame, Mme Agathe Wall, une femme très distinguée dont les cheveux grisâtres contournaient un visage aussi gracieux que délicat. Elle était très réservée et semblait quelque peu mal à l'aise de se retrouver dans l'opulente résidence de son ancien psychiatre, mais le Dr Rousseau lui fit un accueil si chaleureux que l'embarras se dissipa presqu'aussitôt.

- Ma chère Agathe ! Comment vous portez-vous ? Je suis si heureux de vous voir.

Prendrez-vous quelque chose à boire ? Demanda-t-il en l'aidant à se dégager de son manteau.

- Je vais bien Docteur, je vais bien... Je vous avoue être un peu intriguée par votre invitation, ma dernière visite à votre cabinet remonte à huit ans et je croyais à notre dernière rencontre que nous avions terminé la thérapie ! Ironisa-t-elle.

- Eh bien justement... je pense ne vous avoir jamais offert la thérapie à laquelle vous aviez droit.

- Ah bon ? Pourtant, vous m'avez beaucoup aidé Dr Rousseau. Vous m'avez fait comprendre le bons sens, vous m'avez forcée à affronter la réalité et je vous en serai à jamais reconnaissante !

- Mais Agathe ! Je n'ai pas cru à votre histoire ! Vous aviez vécu quelque chose d'incroyable et tout à fait véridique et je vous ai jugée comme étant déséquilibrée et névrosée ! Bien sûr, nous avons été en mesure de mettre à jour les traumatismes refoulés de votre enfance mais...

La sonnette résonna à nouveau. Le Dr Rousseau demanda à Mme Wall de prendre place au salon et ouvrit la porte pour accueillir son deuxième invité. Marc Langlois affichait un air narquois alors que le psychiatre l'invitait à entrer. Il évita la poignée de main de son ancien thérapeute et lui lança en boutade :

- Alors Docteur c'est aujourd'hui que je reçois réparation ? Le jeune homme ruminait indubitablement quelques vieilles rancœurs.

- Euh... eh bien effectivement Marc, j'ai quelques excuses à vous faire. Veuillez entrer et rejoindre Mme Wall au salon.

Le jeune homme crut que la dame était la conjointe du psychiatre, toutefois le Dr Rousseau corrigea cette impression lors des présentations. Il leur offrit un verre à tous les deux et après quelques échanges superficiels sur le temps qu'il faisait, le psychiatre entra dans le vif du sujet.

- Alors je voulais d'abord vous remercier de vous être déplacés pour venir me rencontrer ce soir. Je veux ensuite m'excuser pour la façon cavalière dont j'ai traité vos cas dans le passé.

- Ah je ne vous le fais pas dire ! lança Marc Langlois sur un ton narguant.

Il se souvenait parfaitement à quel point son expérience avec le Dr Rousseau avait été irritante, ce dernier cherchant sans cesse à trouver des explications plus "rationnelles" les unes que les autres pour expliquer à Marc ce qui lui était arrivé, de sorte que, complètement exaspéré, celui-ci avait mis fin aux cessions de thérapie de façon abrupte.

- Je comprends votre frustration Marc, mais laissez-moi terminer s'il-vous-plaît…

- Mais oui ! Vous avez une attitude bien cavalière mon cher ami ajouta la dame un peu décontenancée.

- Je veux vous faire part du fait que j'ai vécu la même expérience que vous il y a quelques semaines. J'ai moi aussi rencontré des visiteurs de l'espace. Et je voulais discuter avec vous de ce que j'ai vu afin que nous puissions comparer nos expériences… Et peut-être aussi obtenir votre assistance pour préparer un dossier afin de l'apporter en preuve aux autorités… Il ajouta cette phrase avec une certaine retenue craignant de rebuter ses convives.

- Quelles autorités ? rétorqua le jeune. Les autorités ne croient pas plus à ces histoires que les psychiatres.

Il envisageait son hôte d'un air accusateur.

- Mais, qu'est-ce vous racontez ? S'enquerra Mme Wall complètement décontenancée. Vous êtes en train de me dire que finalement je n'avais pas imaginé tout ça ? Vous êtes en train de dire que ce n'est pas mon esprit qui a fait un transfert comme vous me l'aviez expliqué à l'époque ? Vous voulez dire que j'ai vraiment vu ces choses ?

- Mais bien sûr que vous les avez vues ! Rétorqua le jeune homme. Mais ce médecin n'était pas prêt à entendre votre histoire et il préférait vous faire passer pour folle plutôt que d'admettre son ignorance. C'est ce qu'il a essayé de faire avec moi… mais je ne l'ai pas laissé faire.

Le Dr Rousseau préoccupé par la tournure des événements tenta de détendre la tension qui s'installait en proposant à ses convives de prendre place à table. Toutefois il réalisa que les remous qu'il venait de provoquer n'allaient pas se calmer si facilement. Mme Wall était si troublée qu'elle ne tenait plus sur ses jambes et reprit place sur un divan du salon. Elle se balançait nerveusement et affichait un regard ahuri répétant sans cesse, c'était vrai, c'était vrai !!

Quant à Marc Langlois, il s'approcha du psychiatre et lui lança avec tout le ressentiment qu'il avait entassé pendant toutes ces années !

- Alors voilà ! Puisque ça vous est arrivé, alors MAINTENANT c'est vrai… c'est bien ça? MAINTENANT c'est crédible et possible, puisque VOUS l'avez vécu? Je comprends bien votre raisonnement Docteur? Eh bien laissez-moi vous dire que vous allez réaliser Dr Rousseau que même vous, Môsieur le grand savant, même vous ne serez pas cru, on vous ridiculisera, vous perdrez toute votre crédibilité. Vous aussi, on vous prendra pour un fou. Lorsque vous dites aux gens des choses qu'ils ne sont pas prêts à entendre, quand vous dites des choses considérées comme irrationnelles, quand vous n'êtes pas dans la norme, eh bien les gens ne veulent ni vous croire, ni vous écouter, ni vous aider… vous comprenez ??

- Je sais, je le réalise aujourd'hui et je veux…

- Je me fous de ce que vous voulez… c'est un beau retour du balancier, vous allez enfin comprendre ce que vous m'avez fait vivre… Alors démerdez-vous !

Le jeune homme sortit en claquant la porte derrière lui. Mme Wall se leva, dévisagea le psychiatre en arborant un air triste et égaré et passa la porte sans lui dire bonsoir. Le psychiatre, complètement déconcerté se laissa tomber sur une chaise devant la table garnie des victuailles qu'il avait préparées. Il passa un bon moment à fixer son gigot d'agneau tout en ressassant inlassablement dans sa tête ce qui venait d'arriver. Puis, résigné, et malgré son manque d'appétit, il se mit à picorer mollement les plats se trouvant à sa portée et prit la décision de ne plus jamais reparler de cette histoire à personne.

LA BOUTIQUE

Charlotte Beaulieu envisagea enfin de franchir la porte de la singulière boutique qui venait d'ouvrir ses portes sur la rue du Hibou. Près de trois semaines s'étaient écoulées depuis qu'elle avait remarqué ce curieux petit magasin pour la première fois, alors qu'elle marchait pour rejoindre l'autobus à la sortie de son travail.

Le concept de la nouvelle boutique était resté mystérieux pendant les semaines qui avaient suivi, et Charlotte n'avait eu ni le temps ni l'occasion d'aller visiter l'endroit pour satisfaire sa curiosité. Mais en ce dimanche après-midi, le temps était idéal, en dépit de la température…

Elle dégoulinait de pluie cherchant à refermer son parapluie lorsque la porte du magasin fit tinter ses clochettes. Un jeune homme élancé lui fit signe d'entrer alors qu'il retenait la porte d'un air amusé. Elle arriva avec beaucoup d'effort à refermer ce satané parapluie, qu'elle jurait d'ailleurs de remplacer depuis qu'il s'était retourné sur lui-même au moment le plus inopportun lors de ses emplettes du mois dernier. Elle se précipita donc à l'intérieur de ce curieux endroit regardant à peine l'homme qui l'invitait prestement et qui tentait, se faisant, de la dégager de ses encombrements.
« Un vrai temps de canard non? Lança-t-il en ricanant.

Charlotte leva alors les yeux vers son interlocuteur et s'étonna de voir à quel point il était différent de ce qu'elle avait cru entrevoir quelques secondes plus tôt. Elle trouva étrange d'avoir saisi une impression aussi divergente au départ, mais se disait que dans les circonstances cela fut tout à fait plausible. Elle ne l'avait, après tout, entrevu que quelques secondes, à travers la pluie en se tiraillant avec ce maudit parapluie…

Pendant un instant elle avait cru voir un homme d'à peine trente ans, mince et grand, à la chevelure foncée. Mais alors qu'il se dressait devant elle, sous l'éclairage, elle découvrait un homme d'âge mûr, aux cheveux grisonnants qui ne la dépassait que de quelques centimètres. Elle le fixait encore d'un air étonné lorsqu'il la questionna aimablement sur le but de sa visite.

- Oh ! Euh ! Je ne cherche rien en particulier… en fait j'étais un peu curieuse, je me demandais ce que vous vendiez ici ? Je n'ai pas très bien compris le concept du magasin… et son nom surtout ? La clé ? Seriez-vous serrurier ?

- Serrurier ? répondit l'homme. Il se mit à rire de bon cœur. Serrurier ? Ha ! Bien sûr que non. Ce n'est pas le genre de clé que je vends…

- Ah bon ? Alors qu'est-ce que vous vendez ? reprit Charlotte en furetant du regard les alentours.

- Je m'efforce de vendre le bonheur dit-il lentement, tout en la scrutant d'un regard clair et pénétrant.

Les yeux de Charlotte s'agrandirent pendant quelques secondes, puis laissèrent transparaître des lueurs d'amusement et d'incrédulité.

- Le bonheur ? s'exclama-t-elle. Le bonheur ? Vraiment ! Vous le vendez en pot ou en aérosol ? lança-t-elle en ricanant.

Mais le marchand n'entendait pas à rire. Il l'observa, sans broncher, puis éclaircit sa gorge avant de répondre d'un ton neutre.

- Je le vends sous la forme nécessaire. Et il y en a une multitude !

Elle le fixa en étouffant le rire nerveux qui chatouillait sa gorge et entreprit d'explorer les étagères et les tables qui emplissaient le magasin afin de dissiper le malaise. Sur toute l'étendue du petit magasin étaient disséminés une multitude d'objets éparpillés ici et là dans ce qui semblait être un véritable fatras incohérent. On aurait dit en regardant un coin qu'on se trouvât dans une librairie, mais le moment suivant on aurait juré être dans une confiserie, puis dans un magasin de jouets, chez le tailleur, chez l'apothicaire, l'antiquaire, le bijoutier ! Incroyable ! Il y avait même des poissons et des oiseaux exotiques. Et plus on regardait, plus on découvrait de nouvelles choses qui nous avaient échappées au premier regard…

- Comme c'est étrange…

- Pardon ? Vous avez dit quelque chose ?

- Non… enfin… oui… je trouve ça un peu… étrange !

- Qu'est-ce que vous trouvez étrange ?

- Tous ces objets, à quoi servent-ils ? Comment se fait-il qu'ils soient si... disparates ?

- Parce qu'il y a une multitude de personnes. Et tous ne voient pas le bonheur dans les mêmes choses.

Voilà qu'il recommence avec cette histoire de bonheur se dit-elle ! Cet homme doit être affublé d'une candeur crédule ou d'un esprit débile, ou les deux pour être aussi naïf.

- Vous pensez vraiment que des objets peuvent apporter le bonheur ?

Il la regarda alors comme un père regarde son enfant, comme un maître regarde son élève, en fait, comme un marchand regarde un client ignorant. Avec un ton empreint d'affection et d'une certaine compassion patiente il poursuivit ses explications.

- En réalité, l'objet n'est rien. Je dirais plutôt, que l'objet est la clé, l'ouverture et non le produit, le résultat. Il mène à l'intangible, et par le fait même à ce qui est essentiel. Il évoque des sentiments, des états d'esprits, des souvenirs, des odeurs, des perceptions. La perception...Tout est dans la perception... Pour le bonheur, comme pour le malheur d'ailleurs. La perception. Répétat-il en fixant un vague point dans les airs.

- La perception ? Bon alors, prenons ce poisson rouge en verre. Elle étira son bras et prit un gros poisson de verre qui se trouvait à sa portée. Elle le remuait dans sa main. Quelle perception devrais-je avoir de cette chose et comment pourrait-elle rendre quelqu'un heureux ?

- Mais ce n'est pas à moi à le dire ! Seule la personne concernée sait ce que cette chose évoque pour elle !

Elle le dévisageait et trouvait difficile de s'avouer qu'il semblait tout à fait sain et lucide en dépit de l'obscure folie qui, manifestement l'habitait.

- Écoutez, reprit-il. Je vous suggère d'acheter cette chose afin de vérifier ce qu'elle pourrait évoquer à l'intérieur de vous et vous pourriez revenir, disons dans une semaine pour me raconter ce que vous avez expérimenté.

Charlotte se remit à rire en remettant l'objet à sa place. Elle comprenait maintenant que cet énergumène était non seulement un naïf troublé mais qu'il était en plus et surtout un arnaqueur de troisième ordre. Elle se dirigea vers la patère où son parapluie avait été disposé et projetait de quitter ce lieu le plus vite possible, lorsque quelque chose d'inattendu se produisit.

« Prenez-le alors ! Je vous l'offre gratuitement ! Lança l'homme en reprenant l'objet de verre dans ses mains.

Charlotte se retourna vers lui. Il déposa doucement le poisson dans le creux de sa main droite.

« J'aimerais que vous reveniez la semaine prochaine et que vous me racontiez ce qui a changé dans votre vie.

Les yeux de l'homme paraissaient presque jaunes à cette distance et Charlotte sentit un frisson lui parcourir le dos.

- Bon c'est d'accord. J'accepte… Mais je doute fortem…
- Non ! Ne doutez pas. Ne pensez à rien. Mais efforcez-vous de vous concentrer sur l'objet afin qu'il fasse son travail. Je vends le bonheur et je vais vous le prouver.

Il l'accompagna jusqu'à la porte, l'ouvrit et lui siffla alors qu'elle sortait :

« Je m'appelle Félix. »

Charlotte mit l'objet dans la poche de son manteau, se tirailla quelque peu avec son parapluie afin de l'ouvrir et reprit le chemin du retour. Pendant tout le trajet vers la maison, elle ressassait sa journée, repensant à l'homme du magasin et à leur conversation. Elle n'arrivait pas à saisir tout à fait le personnage qu'était ce Félix, ni sa véritable nature. Il lui apparaissait si étrange, insaisissable. Etait-il jeune, était-il vieux, était-il un escroc, était-il fou? Lorsqu'elle franchit la porte de son petit logement trois pièces, son chat l'accueillit en se frôlant à ses chevilles, et la suivit amoureusement alors qu'elle alla se préparer un thé dans la cuisine.

« Alors Papillon ? T'as passé une belle journée ? Si tu voyais le beau poisson que j'ai ramené. Tu saliverais mon vieux !

Elle alla récupérer l'objet qui était demeuré dans la poche de son manteau, et le brandit devant Papillon qui n'eut, essentiellement, aucune réaction particulière. Il le tapota du museau et du bout de la patte pendant quelques secondes puis retourna à des activités plus délassantes. Charlotte sourit en constatant la réaction de son chat et se rassura sur son propre jugement. Cette chose n'avait absolument rien d'exceptionnel.

Toutefois, se remémorant les paroles de Félix, elle décida d'observer le poisson de manière plus intense, afin de voir au-delà de l'objet et arriver peut-être, à ressentir quelque chose d'inhabituel… Elle fixa donc le poisson de verre de très près, en se concentrant, au point de sentir ses yeux culbuter, puis, après quelques minutes… rien du tout, à part un vague étourdissement. Quelque peu irritée, elle décida d'abandonner et déposa l'objet sur le dessus de la télévision.

Deux jours passèrent et la vie reprenait son cours habituel. Puis, mercredi soir, quelque chose de singulier se produisit lorsque la propriétaire du logement de Charlotte vint la visiter pour percevoir l'argent du loyer. Alors qu'elle se trouvait dans l'embrasure de la porte, celle-ci entrevit le poisson de verre, ce qui sembla lui causer une vive émotion. Elle poussa Charlotte du revers de la main afin de se frayer un chemin vers la télévision, et la source de fascination.

La propriétaire prit le poisson de verre rouge dans sa main comme s'il eut été un précieux diamant et se retourna vers Charlotte les yeux ruisselant de larmes.

« Où avez-vous trouvé ce poisson Mademoiselle Charlotte ? Il est exactement le même que celui que mon père m'avait donné pour mon sixième anniversaire et qui s'est cassé en milles pièces le jour de sa mort…

Charlotte éberluée et ne sachant que répondre balbutia :

- Je l'ai trouvé au petit magasin qui a ouvert ses portes sur la rue Hibou. Vous savez le…

- C'est absolument incroyable. C'est le même ! J'en ai cherché des semblables mais je n'ai jamais retrouvé la réplique exacte. Oh ! Mademoiselle ! Il me faut ce poisson. Je suis prête à vous l'acheter s'il le faut. Non écoutez. Je vous laisse le logement gratuit pour le mois ? Hein ? Qu'en dites-vous ?

La jeune femme encore sonnée regardait la propriétaire sans répondre.

- Oh ! Comme je suis sotte ! Reprit la propriétaire. Peut-être est-ce que cet objet a de la valeur pour vous ? Je comprends… Je vous offre deux mois de loyer gratuit ? S'il vous plaît, il me faut ce poisson. Ce poisson, c'est mon père vous comprenez ?

- Mais Madame Dubois, ce poisson ne vaut presque rien. Vous…

- Oh mais, si ! Il vaut tout l'or du monde. Alors c'est réglé ?

Je vous offre deux mois de loyer gratuit, c'est tout. C'est réglé.

Elle remercia encore Charlotte et quitta en pleurant de joie et serrant l'objet contre son cœur. La jeune femme se laissa choir sur une des chaises de la cuisine, resta ébahie pendant quelques instants, puis fut secouée d'un rire nerveux qui dura de longues minutes. Puis elle se mit à réfléchir à la façon dont elle pourrait disposer de tout cet argent soudainement mis à sa disposition. Elle décida d'aller magasiner.

Le dimanche suivant, Charlotte retourna à la petite boutique. Cette fois, le soleil illuminait la journée, et la jeune fille marchait d'un pas joyeux se sentant réellement dans une forme superbe. Elle arborait un grand sourire ainsi qu'une nouvelle robe qui s'accordait parfaitement à sa nouvelle coiffure, à ses nouvelles chaussures et son nouveau sac à main. Elle ouvrit la porte de la boutique ce qui fit tinter les clochettes et constata que le magasin était plein à craquer. Elle eut d'ailleurs beaucoup de peine à traverser la foule amassée afin d'atteindre le comptoir de caisse. Toutefois, le propriétaire ne s'y trouvait pas. En cherchant un peu plus loin, elle l'aperçut en train de converser avec une vieille dame qui traînait un petit chien en laisse à ses côtés. Sans le vouloir, elle intercepta la fin de leur conversation.

« Je vous remercie infiniment pour ce que vous avez fait pour moi. Je n'ai jamais pensé pouvoir me sentir aussi bien ! Merci encore ! Disait la dame en serrant les mains de Félix qui lui souriait gentiment.

Puis elle reprit le chemin vers la sortie en faisant un petit bonjour de la tête alors qu'elle croisait Charlotte au passage. C'est alors que Félix aperçut la jeune fille et lui sourit, lui faisant signe d'approcher.

« Bonjour, je suis content que vous soyez revenue.

- Vous êtes très occupé aujourd'hui. Je vois que les affaires vont bien. Vous devez être ravi non ?

- Je suis heureux lorsque je constate que je rends les gens heureux. Et vous Mademoiselle euh.

- Charlotte !

- Mademoiselle Charlotte. Quel joli nom. Je dois vous dire que vous semblez radieuse. Je crois percevoir un certain changement au niveau de votre… comment dirais-je… contentement personnel dit-il d'un air malicieux.

- Eh bien…je dois avouer qu'il s'est passé quelque chose d'étrange cette semaine.

Charlotte raconta l'incident du poisson de verre sous l'oreille attentive de Félix. Alors qu'il tapotait ses lèvres de son index érigé il dit à Charlotte.

- C'est intéressant ! En fait, c'est Madame votre propriétaire qui a le plus bénéficié de l'expérience. Vous avez par ricochet récolté un petit bonheur temporaire bien terre à terre. Vous avez en fait ressenti les soubresauts de son bonheur à elle. Vous avez été, en quelque sorte, éclaboussée par sa joie, mais vous n'avez pas vraiment ressenti un sentiment durable, un bonheur véritable.

- Ah bon ? En tout cas, j'ai quand même bien apprécié.

Ils furent interrompus par une dame qui demanda à Félix le prix d'un tableau qui était exposé au fond de la salle. Il répondit, combien estimez-vous qu'il vaille ? Et la dame répondit qu'il était certainement trop dispendieux pour ses moyens. Puis elle ajouta, mais je suis prête à le payer en paiements différés si vous le permettez, cette toile est exceptionnelle, elle a un tel effet sur moi… je ne peux vous expliquer… Il me la faut !

« Elle vaut 500 dollars, mais puisque vous l'aimez tant je vous la vends trois cent dollars et vous pouvez me payer pendant six mois si vous voulez. »

La dame était enchantée et Félix demanda à Charlotte de l'excuser alors qu'il allait régler les détails de la transaction avec elle.

Pendant ce temps, elle se mit à examiner de plus près les différents objets qui se trouvaient à sa portée. Elle vit un long châle de laine qui traînait près d'une petite horloge à coucou, puis une superbe montre en or qui remontait le temps à l'envers. Elle vit ensuite un miroir étrange disposé sur le mur opposé. Ce miroir semblait ne pas refléter exactement ce qui s'y diffusait. Ainsi, Charlotte trouva son teint beaucoup plus radieux et ses yeux plus bleus et brillants qu'à l'habitude. Puis, dans un coin elle vit une petite plante. Une toute petite plante de maison, enjolivée d'une minuscule fleur turquoise. Ou était-elle verte ? Difficile à dire sous cet éclairage. On aurait dit que cette fleur flamboyait et que ses couleurs changeaient constamment. C'était magnifique, mais probablement une illusion d'optique. Alors qu'elle admirait la petite fleur, Félix vint la surprendre en lui chuchotant à l'oreille.

« Je crois que vous avez trouvé ce que vous cherchiez Mademoiselle Charlotte. Je dois vous dire que cette plante est très particulière.

- Ah bon ? En quoi est-elle particulière ?

- Elle est très… sensible… mais peut s'épanouir très rapidement, avec de l'amour et des soins et devenir exceptionnellement belle. N'oubliez pas que tout ce que je vends dans cette boutique est très différent de ce qui se trouve ailleurs.

- Oui je sais. Le bonheur…Vous détenez la clé du bonheur ! Ironisa-t-elle, admettant au fond d'elle-même qu'il n'avait peut-être pas tout à fait tort.

Charlotte décida d'acheter ce petit être végétal et, après avoir écouté quelques derniers conseils de Félix concernant l'entretien de la plante, elle repartit comblée en direction de son logement. Elle fut surprise de constater que les coloris de la petite fleur étaient aussi merveilleux chez elle que dans la boutique, et elle ne cessait de s'éblouir de leur splendeur. Elle admira son acquisition pendant près d'une demi-heure en sirotant un thé en compagnie de Papillon. Ce matou était toujours d'un grand réconfort puisqu'il était presque le seul ami qui lui restait. Charlotte n'avait pas de famille et ressentait souvent le poids de la solitude. Elle avait bien sûr quelques collègues de travail, et quelques amies d'enfance éparpillées ici et là. Mais sa vie de tous les jours était souvent empreinte de tristesse et d'une lourde impression d'isolement.

Toutefois, depuis quelques jours, les choses semblaient s'améliorer, la chance tournait en sa faveur et elle se sentait beaucoup plus joyeuse. Alors qu'elle méditait sur ce nouveau bonheur acquis elle constata que la petite plante s'était agrandie. Mais en fait, elle avait presque doublé ! Et la fleur n'était plus seule. Trois nouvelles fleurs s'étaient ouvertes et de nouveaux boutons se formaient à vue d'œil ! La plante entière était superbe ! On aurait dit qu'elle vibrait, qu'elle ondulait, et de nouvelles tonalités apparaissaient et disparaissaient pour se fondre dans un jeu de couleurs absolument éblouissant. Charlotte avait l'impression de contempler une aurore boréale. Émue par ce spectacle, elle n'alla se coucher qu'une heure plus tard, à contrecœur. Le lendemain matin, dès son réveil elle alla vérifier dans quel état se trouvait sa plante. La jeune fille fut étonnée de constater que la plante avait conservé exactement la même apparence que lorsqu'elle l'avait laissée la veille. Peut-être a-t-elle terminé sa croissance se dit-elle.

Toutefois, au cours des jours qui suivirent Charlotte fut navrée de constater que l'état de la plante se dégradait graduellement. Elle avait perdu son éclat et s'était repliée sur elle-même. Certaines tiges et plusieurs feuilles s'étaient nécrosées et une des fleurs était devenue sèche et grise. La jeune fille appliquait pourtant à la lettre tous les conseils fournis par Félix. Elle l'arrosait lorsqu'elle était sèche, elle lui parlait gentiment, elle l'adorait, elle l'admirait... Elle n'y comprenait rien !

Charlotte retourna à la boutique afin d'obtenir l'assistance de Félix. Elle lui expliqua la situation et fut irritée d'apercevoir le sourire en coin qu'il affichait alors qu'elle parlait.

- Mais qu'est-ce qui vous fait sourire, dit-elle exaspérée.

- Mademoiselle Charlotte, je vous ai avertie. Je vous ai dit que cette plante était sensible et spéciale. Comment vous êtes-vous comportée autour d'elle ?

- Mais je m'en suis occupée comme une mère. Je lui parlais plus qu'à mon chat !

- Est-ce que vous lui avez parlé de votre travail ? De vos problèmes ? De vos états d'âmes ?

- Eh bien…

- Autrement dit, avez-vous été négative ou véhiculé des émotions négatives lorsque vous étiez près d'elle ?

Charlotte se crispa et rétorqua d'un ton étouffé :

- Je ne vois pas en quoi… mais pas du tout, j'étais comme à l'habitude ! Et qu'est-ce que ça peut faire… Puis agacée elle poursuivit :

- Ah et puis ! Comme si c'était exceptionnel d'avoir des émotions négatives, la vie est ce qu'elle est, elle n'est pas si facile, j'ai eu une semaine très pénible au bureau et j'ai mon patron qui…

- Ah ! Je vois !

Félix s'approcha de Charlotte et lui posant les mains sur les épaules pour la calmer lui dit doucement.

« Ma chère amie, cette plante ne fait que transposer vos états d'âmes. C'est une sorte de miroir, un miroir de l'âme si vous voulez… Elle se nourrit de vos vibrations autant que de l'eau et des soins que vous lui donnez. Vous devez essayer d'élever vos vibrations lorsque vous êtes en contact avec elle, essayer de rester positive en toutes circonstances. La beauté qu'elle projette est la beauté de la joie, du bonheur... Vous comprenez ?

Charlotte regarda longuement Félix dans les yeux, puis lui lança alors qu'elle s'apprêtait à sortir du magasin.

- Je croyais que c'était l'objet qui devait me rendre heureuse, et pas l'inverse. Puis elle claqua la porte derrière elle, ce qui fit tinter les clochettes.

« Il me semblait pourtant que vous ne croyiez pas que les choses pouvaient rendre les gens heureux, chuchota-t-il derrière la porte.

Lorsqu'elle arriva à son appartement, Charlotte ne prêta aucune attention à Papillon qui s'était précipité pour l'accueillir et elle refusa de regarder ou d'approcher la plante. Un flot d'émotions confuses lui bombardait le crâne et le cœur, et elle avait la triste impression d'avoir perdu tous ses repères. Elle ne ressentait pas la faim qui la tenaillait et se contenta de prendre un thé en guise de repas. Elle s'installa sur le canapé et aperçut vaguement du coin de l'oeil la pitoyable silhouette de ce qui avait été pendant quelques heures, la plus merveilleuse création vivante qu'elle ait jamais vue de toute sa vie. Une fois installée dans son fauteuil, elle ferma les yeux pendant un instant et pencha la tête vers le sol, ce qui fit tomber une larme sur sa joue. Son chat alla la retrouver et se blottit en boule sur ses cuisses. D'autres larmes suivirent, alors qu'elle caressait délicatement son fidèle ami qui se mit à ronronner de contentement. Charlotte et Papillon demeurèrent dans cette étreinte lénifiante pendant plusieurs minutes.

Puis, alors qu'elle devenait plus calme et engourdie, les yeux de Charlotte vagabondèrent négligemment vers son "objet du bonheur". Quelle ne fut sa surprise d'observer que des lueurs chatoyantes recommençaient à s'élever et à doucement onduler autour d'une jolie fleur rose naissante. Ou était-elle mauve ? Quelle beauté ! Quelle splendeur ! Et plus Charlotte s'émerveillait, plus la plante vibrait, plus elle brillait et grandissait. Elle se mit à rire, et pleurer encore, mais de joie cette fois. Tout le petit logement était empli de rayons et d'éclats extraordinaires qui illuminait jusqu'au dehors à travers la fenêtre du salon.

Pendant les semaines qui suivirent, Charlotte fit progressivement l'apprentissage du bonheur. Elle s'exerça à améliorer sa perception des choses et des circonstances et s'efforça d'éviter de sombrer dans le ressentiment ou la tristesse en faisant l'effort qui était nécessaire dans chaque situation. L'assistance de sa plante magique lui était évidemment d'un soutien indispensable.

La jeune femme n'avait pas remis les pieds à la boutique depuis près de six semaines lorsqu'elle décida d'y retourner. Elle avait un peu honte de la façon dont les choses s'étaient déroulées avec Félix lors de sa dernière visite. Avec le recul, elle constatait à quel point son attitude avait été immature et ingrate. La moindre des choses qu'elle pouvait faire était d'aller le remercier pour ce qu'il avait fait pour elle et surtout, lui offrir ses excuses. Elle décida qu'elle retournerait à la boutique dès dimanche. C'était une journée pluvieuse et alors qu'elle se débattait avec son parapluie devant la porte de la boutique, celle-ci s'ouvrit. Devant elle se dressait le jeune homme aux cheveux noirs qu'elle avait cru entrevoir à sa première visite à la boutique. Tentant de la libérer de son parapluie il lui demanda :

« Puis-je vous aider Madame ?

Charlotte un peu confuse lui donna son parapluie en s'engageant dans l'entrée du magasin sans lui répondre et scruta rapidement du regard l'intérieur du magasin à la recherche de Félix. Elle remarqua rapidement que l'agencement du magasin était très différent, très... rangé. Le bric-à-brac qui s'y trouvait habituellement n'y était plus ! Elle regarda à nouveau le jeune homme, perplexe, et cafouilla :

- Mais où est Félix ? Où est le propriétaire ?

- Le propriétaire ? Mais c'est mon père. Et son nom est Jacques ! Qui est Félix ?

- Jacques ? Mais, comment ? Mais, et tous les objets ? Où sont-ils ?

- Vous êtes certaine d'être entrée dans le bon magasin ? Vous êtes chez le serrurier ma chère dame.

La jeune femme n'y comprenait rien. Elle retourna vers la porte et sortit quelques secondes afin d'examiner l'enseigne du magasin. C'était écrit : La clé. Elle resta sous la pluie pendant quelques instants et remarqua que la porte ne portait pas de clochettes.

C'était pourtant bien le même endroit où elle était venue et avait discuté avec ce Félix et avait acheté cette plante merveilleuse. Elle en était certaine. Absolument certaine. Mais cet homme, ce serrurier, elle l'avait vu ce jour-là, le premier jour…

Elle retourna à l'intérieur afin de s'informer auprès du jeune homme de la date approximative de l'ouverture du magasin. Il lui répondit que l'ouverture remontait à environ deux mois. Il ajouta qu'il avait même la vague impression de l'avoir déjà vue entrer dans le magasin, un jour de pluie comme aujourd'hui.

Les pensées de la jeune fille galopaient dans toutes les directions et son cœur se boursouflait alors qu'il pulsait dans sa poitrine. Elle décida qu'il était préférable qu'elle aille réfléchir chez elle et fit comprendre au jeune homme qu'elle devait quitter. Celui-ci lui sourit gentiment en lui remettant son parapluie, s'empressant de lui dire à quel point il avait été un plaisir de la rencontrer et qu'elle ne devait pas hésiter à revenir.

Elle le remercia de sa bienveillance et se dirigea vers la sortie. Elle franchit la porte de la boutique, ce qui fit tinter des clochettes… Saisie, elle s'arrêta un instant, puis elle reprit le chemin du retour en affichant sur son visage réjoui, un large sourire.

Table des matières